DRAGON FALL

3-C'est la zone

Texte et Dessins:

Nacho FERNÁNDEZ

Álvaro LÓPEZ

Traduction: Germanico LAPOSSE

Maquette de l'édition française: ACHILLE(S)

Une co-production:

AZAKE
Alarcón, 40-42
08930 SANT ADRIÁ DEL
BESOS

AKILEOS
8 rue Stanislas Meunier
75020 PARIS
www.akileos.com

LEGENDS DIFFUSION
37ter rue Gustave Simonet
94200 IVRY SUR SEINE
www.legends.fr

Emmanuel BOUTEILLE &
Richard SAINT MARTIN
ÉDITEURS

Achevé d'imprimer en octobre 2006 en Espagne
ISBN: 2-915618-45-8
Dépôt légal novembre 2006

ALLEZ NAPPALM, MAGNE-TOI DE MASSACRER CES LARVES, QU'ON EN FINISSE !
C'EST QUE JE COMMENCE À M'ÉNERVER MOI !
GNÉ, GNÉ, GNÉ!
QUE... QU'EST-CE QU'ON FAIT ?
JE SAIS PAS! ET SI TU TE METTAIS DEVANT NOUS ?
IL DEVRA NOUS PASSER SUR LE CORPS !

?
UNG!
WACK!
MUD!
FUOOMMM!!
...
YIKES!
BAKOOMM!!

C'EST SOSON GOKU! IL EST REVENU!
JE LE SAVAIS, JE SAVAIS QU'IL N'Y AVAIT PLUS AUCUN ESPOIR!
MONSIEUR DISCOLO! NE MOUREZ PAS! JE VOUS DOIS TANT!
JE VOUS VENGERAI!
MAIS TU VAS LA FERMER MORVEUX... LAISSE-MOI CLAMSER EN PAIX !
ET BEN, CE BONHOMME EST K.O POUR DE BON !
SOSON GOKU, TU ES VENU EN VOLANT! COMMENT AS-TU APPRIS ? C'EST LE MAÎTRE DE L'AU-DELÀ QUI TE L'A ENSEIGNÉ?
BEN...EN FAIT... ON M'A JAMAIS DIT QU'ON POUVAIT PAS LE FAIRE... MAIS ENSUITE, JE ME SUIS ARRÊTÉ POUR Y RÉFLÉCHIR ET JE SUIS TOMBÉ...
...

CE... CE TYPE EST UN PUYAJIN, JE DÉTECTE SA TRACE D'ÉNERGIE CARACTÉRISTIQUE! C'EST CE KAKACROT!!!
ÇA DOIT ÊTRE UN COMBATTANT D'UNE GRANDE HABILITÉ POUR AVOIR BATTU ROLEX ET NAPPALM! ET MAINTENANT C'EST À MON TOUR!!!
BON, ALORS, OÙ SE TROUVENT CES GUERRIERS PUYAJINS?
!
ARGH...JE N'ARRIVE PLUS À ME LEVER!
ET TOI, QUI ES-TU AU FAIT?
JE SUIS TA PUTAIN DE MÈRE!! ESPÈCE DE...
MAMAN!!
ENFIN, JE T'AI RETROUVÉE!
C'EST VRAI QU'ILS ONT UN AIR DE FAMILLE...
...

ON ARRÊTE LES CONNERIES!!
JE SUIS LE PRINCE VÉGÉTAL, DE LA PLANÈTE DU MÊME NOM, LE PLUS PUISSANT DE TOUS LES PUYAJINS!!
T'AS VU CES GROS MALINS... ILS LUI ONT DONNÉ LE MÊME NOM QUE LA PLANÈTE...
!
SI JE M'APPELAIS SATURNE JE CROIS QUE JE ME SUICIDERAIS...
C'EST CLAIR, TU...
DIS, QU'EST-CE QU'ILS ONT LES GARS DE CETTE PLANÈTE? ILS RÉAGISSENT TOUS PAREIL!
C'EST PEUT-ÊTRE LA POLLUTION DE L'AIR QUI LEUR IRRITE LES YEUX...
...
BOUAAAAH!
IL A FALLU QU'ILS PARLENT DE ÇA!!

SNIF...!
C'EST PAS JUSTE...
ILS N'AVAIENT PAS LE DROIT DE REMUER LE COUTEAU DANS LA PLAIE...
SOB!
SNIF!
J'EN AI PLUS QU'ASSEZ!! C'EST UNE HUMILIATION! C'EST MOI LE PUYAJIN ET PAS EUX!
BORDEL DE!!
TOI, L'ENCÉPHALOGRAMME PLAT EN KIMONO!! JE TE PROPOSE UN DUEL ENTRE PUYAJINS POUR DÉCIDER DU DESTIN DE LA TERRE!
MOI?
NOUS NOUS BATTRONS DANS LE DÉSERT DERRIÈRE CES MONTAGNES! NOUS Y SERONS PLUS À NOTRE AISE!
PYRÉNÉES

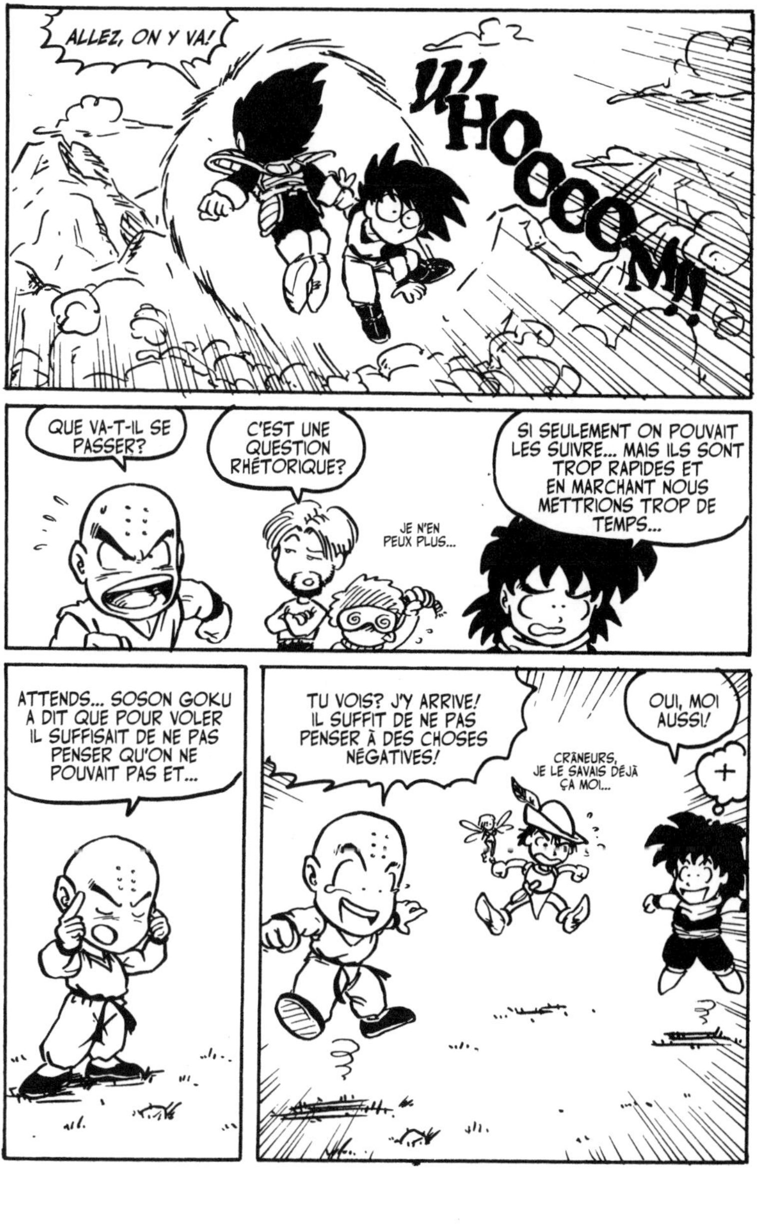
ALLEZ, ON Y VA!
WHOOOOM!!
QUE VA-T-IL SE PASSER?
C'EST UNE QUESTION RHÉTORIQUE?
JE N'EN PEUX PLUS...
SI SEULEMENT ON POUVAIT LES SUIVRE... MAIS ILS SONT TROP RAPIDES ET EN MARCHANT NOUS METTRIONS TROP DE TEMPS...
ATTENDS... SOSON GOKU A DIT QUE POUR VOLER IL SUFFISAIT DE NE PAS PENSER QU'ON NE POUVAIT PAS ET...
TU VOIS? J'Y ARRIVE! IL SUFFIT DE NE PAS PENSER À DES CHOSES NÉGATIVES!
CRÂNEURS, JE LE SAVAIS DÉJÀ ÇA MOI...
OUI, MOI AUSSI!

ALLONS-Y!
WHOOMM
!
À QUOI ÇA RESSEMBLE UN DUEL ENTRE PUYAJINS?
AVEC CE QU'ON A VU, ON PEUT S'ATTENDRE À UN VÉRITABLE SPECTACLE!
ET NOUS ON FAIT QUOI?
ATCHIIS!
HEIN?
SNIF
FLUNCH?
WOUAOU! GÉNIAL! C'EST MAINTENANT QU'ON PEUT LUI FAIRE CE QU'ON VEUT!

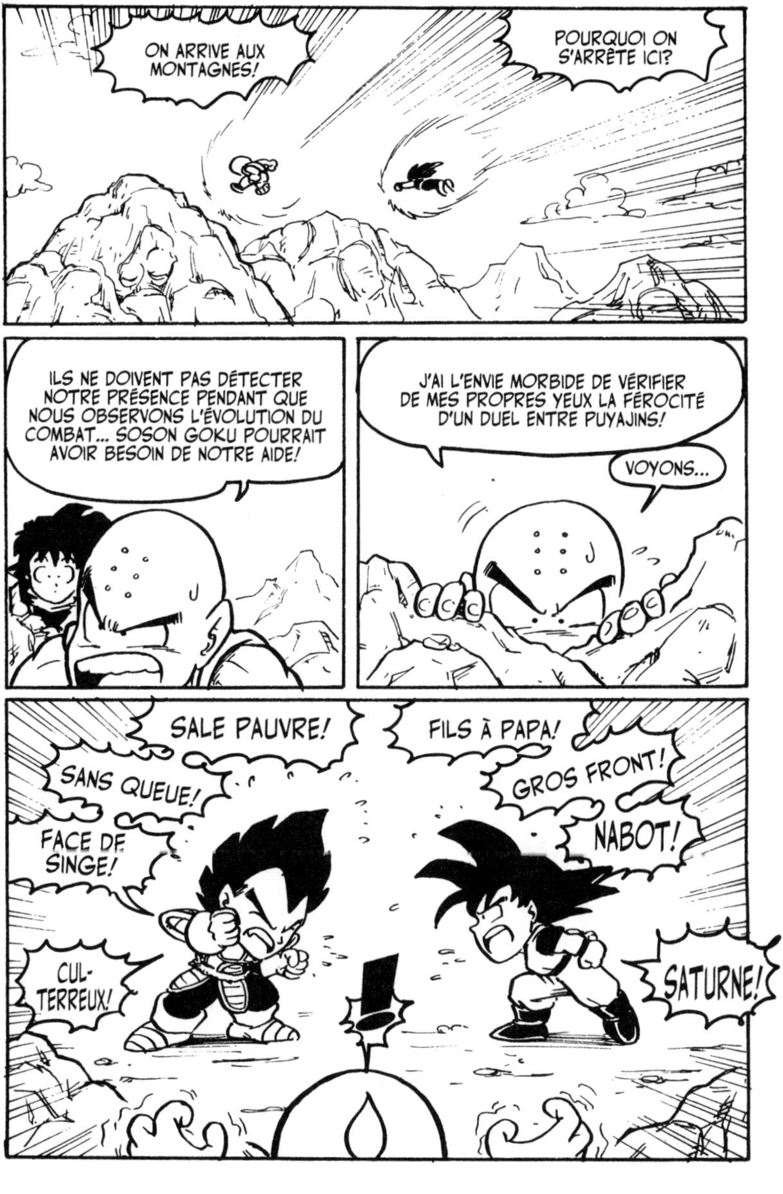
ON ARRIVE AUX MONTAGNES!
POURQUOI ON S'ARRÊTE ICI?
ILS NE DOIVENT PAS DÉTECTER NOTRE PRÉSENCE PENDANT QUE NOUS OBSERVONS L'ÉVOLUTION DU COMBAT... SOSON GOKU POURRAIT AVOIR BESOIN DE NOTRE AIDE!
J'AI L'ENVIE MORBIDE DE VÉRIFIER DE MES PROPRES YEUX LA FÉROCITÉ D'UN DUEL ENTRE PUYAJINS!
VOYONS...
SALE PAUVRE!
FILS À PAPA!
SANS QUEUE!
GROS FRONT!
FACE DE SINGE!
NABOT!
CUL-TERREUX!
SATURNE!

BON, ÇA SUFFIT! OÙ SE TROUVENT LES BOULES DE KEHU-RON?
COMMENT? TU VIENS À PEINE D'ARRIVER ET TU SAIS DÉJÀ POUR LES BOULES?
MOI IL M'A FALLU DES ANNÉES AVANT D'ÊTRE AU COURANT!
C'EST PÔ JUSTE!
J'AI DÉCOUVERT LA LÉGENDE DU DRAGON KEHU-RON DANS UN DOCUMENTAIRE SUR LE CÂBLE, MAIS J'AI GARDÉ ÇA SECRET POUR QUE MES ASSISTANTS N'INTERFÈRENT PAS!
BIEN QUE MA MISSION SOIT DE RÉDUIRE CETTE PLANÈTE EN INGRÉDIENT POUR HAPPY MEAL™, JE VEUX D'ABORD RÉUNIR LES BOULES ET FORMULER UN SOUHAIT!
VA TE FAIRE FOUTRE ET ATTENDS TON PROCHAIN GÂTEAU D'ANNIVERSAIRE...
OUPS! C'EST MOI QUI AI DIT ÇA? L'ÉMOTION M'A EMPORTÉ!
TROP SÉRIEUX PEUT-ÊTRE?
J'ESPÈRE QU'IL VA Y CROIRE...
OH QUE J'AI PEUR! COMME JE TREMBLE! LAISSE-MOI TE LE DEMANDER DE NOUVEAU...!

nous pourrions faire beaucoup de blagues cruelles sur ce sujet, mais je ne crois pas que nous survivrions très longtemps!

ALLEZ, RÉPONDS-MOI! NE M'OBLIGE PAS À DEVENIR VIOLENT!
GAGAGAGAGA...
NON! IL VA LE TUER!
DEUX FOIS DE SUITE, C'EST DE L'ABUS!
TIENS BON, SOSON GOKU, JE VIENS T'AIDER!
LE COUP DE LA SCIE!

PATAING!
ARGH!
CLAC!
M...MERCI...POUR... TON AIDE...
JE PEUX MOURIR TRANQUILLE...
HAINTENANT TU VAS VOIR, PEDIT VÂTARD, JE BAIS TE FIER DANS LA VOUCHE!

JE...DOIS...RÉSISTER... UTILISER... MES NOUVELLES TECHNIQUES...
ARF
ARF
OUF
JE SENS PLUS MES JAMBES!
HÉ, HÉ, HÉ!
ÇA NE T'A PAS PLU?
NOTRE PÈRE QUI ÊTES AUX CIEUX...
!
UN CONSEIL, CHUN GOHAN, NE TE MÊLE PAS DE ÇA, HEIN?

VÉGÉTAL!!
ALLEZ, PAPA!
RACA RACA RACA
HEIN?
IL EST TEMPS QU'ON RÈGLE ÇA D'HOMME À HOMME!
SCRITCH
SCRITCH
AAAAAGH!!
QUELLE HONTE MON PÈRE EST UNE TARLOUZE!
!
...

HEIN...
JE...
HEU...
RIEN À FOUTRE!
PRÉPARE-TOI VÉGÉTAL, TU VAS VOIR "L'ATTAQUE DE POISKAÏO"!
WHOOOOOOMMMM!
HEIN? QUELLE EST CETTE AURA QUI L'ENTOURE? A-T-IL AUGMENTÉ SON NIVEAU D'ÉNERGIE? OU EST-CE SEULEMENT UN PET MALODORANT?
AVEC CETTE TECHNIQUE, JE VAIS DONNER PLUS DE PUISSANCE À MES KAME RAKA FEU! TON HEURE A SONNÉ!

KAME...
...RAKA...
FEU!!
...

?
WOOOSSSSHHH!!
BAMF!
...

KAPOW!!
!

allez, dessinez toutes le
pages comme les quatre
dernières, par pitié, vou
êtes beaux...

la lettreu

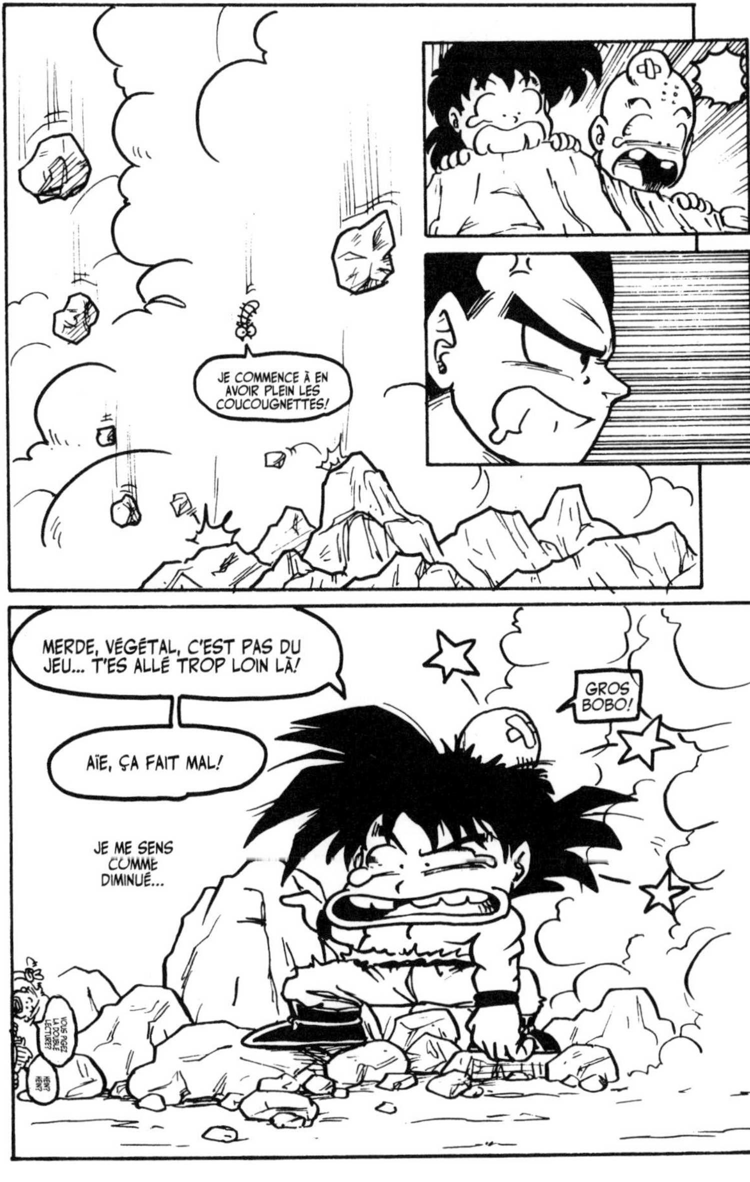
JE COMMENCE À EN AVOIR PLEIN LES COUCOUGNETTES!
MERDE, VÉGÉTAL, C'EST PAS DU JEU... T'ES ALLÉ TROP LOIN LÀ!
AÏE, ÇA FAIT MAL!
GROS BOBO!
JE ME SENS COMME DIMINUÉ...
VOUS PIGEZ LA DOUBLE LECTURE?
HEIN? HEIN?

TU L'AURAS VOULU!!
JE VAIS DOUBLER "L'ATTAQUE DE POISKAÏO"!
TON EFFORT EST INUTILE, JE CONNAIS TES TECHNIQUES!
DOUBLE ATTAQUE DE POISKAÏO!
ATCHISSS!!
?
CHOOOMMM!!

SHHHUUUM!
?
PAFF
!
ENFIN LIBRE!

BROOOUMM
ÉOOO!!
VAS-Y, SOSON GOKU!
ÇA, C'EST MON PAPA!
LES OREILLES ET LA QUEUE!
QUE FONT CES DEUX-LÀ?
!
!

*essayez de le dire très vite avec une madeleine dans la bouche ...

... encore la lettreuse

...
...
PTU!
TRÈS BIEN, CADAVRE...
ON VA DANSER LE ROCK!

*07 6969696969696969696969696969696969696969696969696969

CETTE FOIS VOUS ÊTES ALLÉS BEAUCOUP TROP LOIN (LA LETTREUSE).
NOUS ALLONS LÉGÈREMENT SAUTER CERTAINS DÉTAILS QUI SE RÉPÈTENT PLUSIEURS FOIS: VÉGÉTAL, AVEC SON ÉNERGIE RENOUVELÉE, DÉROUILLE SOSON GOKU, CELUI-CI EN RÉCUPÉRANT DE L'ÉNERGIE ET EN TRIPLANT SON "ATTAQUE DE POISKAÏO" MET À SON TOUR UNE BRANLÉE À VÉGÉTAL, QUI RÉUNIT À NOUVEAU SES FORCES, ET C'EST COMME ÇA PENDANT PLUS DE DEUX HEURES ET QUELQUE DURANT LESQUELLES SOSON GOKU QUADRUPLE, QUINTUPLE, SEXTUPLE SON "ATTAQUE DE POISKAÏO", AVEC L'AIDE D'UNE ANTI-SÈCHE QU'IL AVAIT POUR NE PAS S'Y PERDRE DANS SES MULTIPLICATIONS.
AU FAIT, VOUS AIMEZ MON NOUVEAU LOOK? JE ME SUIS DÉBARRASSÉ DE MA QUEUE DE CHEVAL... ET SI VOUS N'AIMEZ PAS, BEN, ALLEZ VOUS FAIRE CUIRE UN ŒUF!
C'EST POUR PAS NOUS RÉPÉTER ET QUE VOUS VOUS ENDORMIEZ...
À PROPOS, JE TROUVE QUE JE FAIS TRÈS BIEN LES PHYLACTÈRES.

TU VAS VOIR! JE VAIS MULTIPLIER MES "ATTAQUES DE POISKAÏO" PAR...!
HEIN! L'ANTI-SÈCHE! JE L'AI PERDUE!
C'EST ÇA QUE TU CHERCHES?
HÉ, HÉ...JE SUIS RAPIDE, HEIN?
RENDS-MOI CE PAPIER, MAUDIT...
SANS CETTE AIDE RIDICULE, PROPRE À UN SOUS-HOMME COMME TOI, TU ES PERDU! PRÉPARE-TOI À RECEVOIR UNE ATTAQUE "JUMPING JACK FLASH"...!
...
QUINTUPLÉE!!

ZZUUUMMMMM!!!
EHEM!
ZZZZ...

T'ES CUIT!
PATAF!
AÏE!
?

ZIP!
SHIU!
YIKES!
PLAFF!!
HÉ, HÉ, HÉ... "DENT POUR DENT".
....

Encrage: Chaves

SHYUUUU!!!
TOING!
!
VA TE FAIRE FOUTRE!
ÇA NE VA PAS DU TOUT...
JE N'ARRIVE PAS À ME MASTURBER SANS LES MAINS...
ET JE CROIS BIEN QUE VÉGÉTAL VA DÉTRUIRE LA TERRE ET SOSON GOKU...
Y'A DES JOURS AVEC ET DES JOURS SANS...
ALLONS, COURAGE, JE SAIS QUE J'Y ARRIVERAI!
DEBOUT POPAUL!
JE VAIS UTILISER UNE DE MES TECHNIQUES LES PLUS DÉVASTATRICES!*
QUAND J'EN AURAI FINI AVEC TOI, ON POURRA T'EXPOSER DANS UN MUSÉE DE PEINTURE IMPRESSION-NISTE!!

* encore une...

Encrage: Kanu

BAKOUMM!!
VOYONS, SI J'ARRIVE À LE MULTIPLIER AVEC "L'ATTAQUE DE POISKAÏO", JE POURRAI ARRÊTER LA SIENNE, MAIS SANS L'ANTI-SÈCHE JE SUIS FOUTU...
BAKOOOOMMM!!
SI J'AVAIS L'ANTI-SÈCHE, JE SAURAIS COMMENT DIRE, PAR EXEMPLE, "MULTIPLIÉ PAR VINGT-SIX"...
...
BAKOUM!!
ATTAQUE DE POISKAÏO! KAME-RAKA-FEU MULTIPLIÉ PAR VINGT-SIX!

FRAGABOUMM!!
ZUT, TROP FORT!
MON DIEU, PAS UN AUTRE!

attaquent de nouveau!!

Encrage: Nuria Peris

Encrage: Ismael Ferrer

Encrage: NACHO 96

Encrage: Sergio Bleda

Encrage: German Garcia + J.C.Gomez

Encrage: Jose Miguel Alvarez

PREMIER QUARTIER
DEMI LUNE
PLEINE LUNE
DERNIER QUARTIER
BON SANG...
TOUT CE CINÉMA POUR ÇA...
DERNIER QUARTIER

Encrage: Javier Pulido

Encrage: Anna Coll

DIS BONNE NUIT, SPERMA-TOZOÏDE!!
MAINTENANT JE VAIS T'EFFACER DES LISTES DE RECENSEMENT, CLOPORTE!!
DEMI-TOUR, CHUN GOHAN! IL FAUT VOIR QUELQUE CHOSE AVEC SOSON GOKU!
NIEK!!
HEIN?!

ROWAR¡¡
KRUNCH!!!
CRASH!
WAK!
HEU... BEN... "BONNE NUIT, SPERMATOZOÏDE"... C'EST FAIT, JE L'AI BIEN DIT?
DITES?

BORDEL DE MERDE!
JE VAIS TE TRANSFORMER EN FAST-FOOD!!

Encrage par Alex Samaranch

HÉ TOI, FACE DE CHEETAH, OSE M'AFFRONTER!
ÇA NE PEUT PAS CONTINUER, JE DOIS M'IMPOSER!
JE T'ÉCRASERAI, MICROBE...!
COÛTE...!
GLUP
eau de vie 300°

...QUE COÛTE...!
GLUC!
MERDE, IL A BOUGÉ!
BRRUUPPPSSS!
!!
BA-KOUM!
TR...TRÈS IMPOSANT J'AI ÉTÉ... OUI MONSIEUR...
JE... JE CROIS QU'IL VAUT MIEUX LE LAISSER SE DÉFENDRE SEUL...
ET SINON... ILS ONT QU'À LE BUTER!

TU ES SÛR QU'ON FAIT BIEN DE REVENIR TIKRILIN? MÊME POUR DEMANDER ÇA?
MAIS OUI, BORDEL, MAIS OUI!
OUPS, ÇA VA FAIRE MAL...
TU ME CASSES LES COUILLES!
WACK!
RAID
PLAFF!

le végétal de la première case et le soson goku de la dernière ont été encré par albert monteys, le rest

pas fait. son excuse est qu'il n'arrivait pas à faire soson goku. merde, il aurait pu inventer autre chose, qu'il avait des devoirs à faire ou un truc dans le genre...

HEIN?
UNE... UNE QUEUE... QUELLE... QUELLE TERRIBLE ENVIE DE LA COUPER!
ALLEZ! ALLONS-Y! HOP!
MAIS... ELLE EST SI GRANDE... JE NE SAIS PAS SI J'OSERAIS...
ET MAINTENANT, NOTRE EXERCICE SUIVANT...
NOUS ALLONS TRICOTER AVEC TES INTESTINS!
...?
?

MORTADELLE 100% BIO.
AGFS!
!
PSSSSS
AÏE!
PATAF

GLGLGL
AÏE, AÏE, AÏE, AÏE.
ARF, ARF, PANT!
ARF, ARF, PANT! JE L'AI FAIT! JE N'Y CROYAIS PAS!
AGISSONS VITE AVANT QU'IL NE SE RÉVEILLE! JE VAIS LA BOUFFER TOUTE CRUE! HEUREUSEMENT QUE CES GAMINS SONT ALLÉS CHERCHER DE L'AIDE...
AU FAIT YAJIGROBÉ... AVEC TOUT ÇA, ON A UN DOUTE... À QUI DEVAIT-ON DEMANDER DE L'AIDE?
!

D'APRÈS TOI, QU'EST-FE QUI A BIEN PU LE DÉRANVER ?
AUCUNE IDÉE.
GGG
...
SOYEZ MAUDITS, VOUS ALLEZ PAYER POUR CET AFFRONT !
ME COUPER LA QUEUE! À MOI!
...

OUPS... JE NE ME RAPPELAIS PLUS QUE SANS MA QUEUE, MON PANTALON NE TENAIT PAS.
EHEM...
MAINTENANT LES GAMINS! C'EST LE MOMENT! ATTAQUONS TOUS LES TROIS, PENDANT QU'IL EST ENCORE SONNÉ!
?
HO!
TU ENVISAGES DE ME FAIRE QUELQUE CHOSE, SAINDOUX CHEVELU?
AU CAS OÙ TU NE LE SAURAIS PAS, C'EST MOI QUI AI COUPÉ TA QUEUE ET JE SUIS PRÊT À RECOMMENCER!
ALORS UN PEU PLUS DE RESPECT!

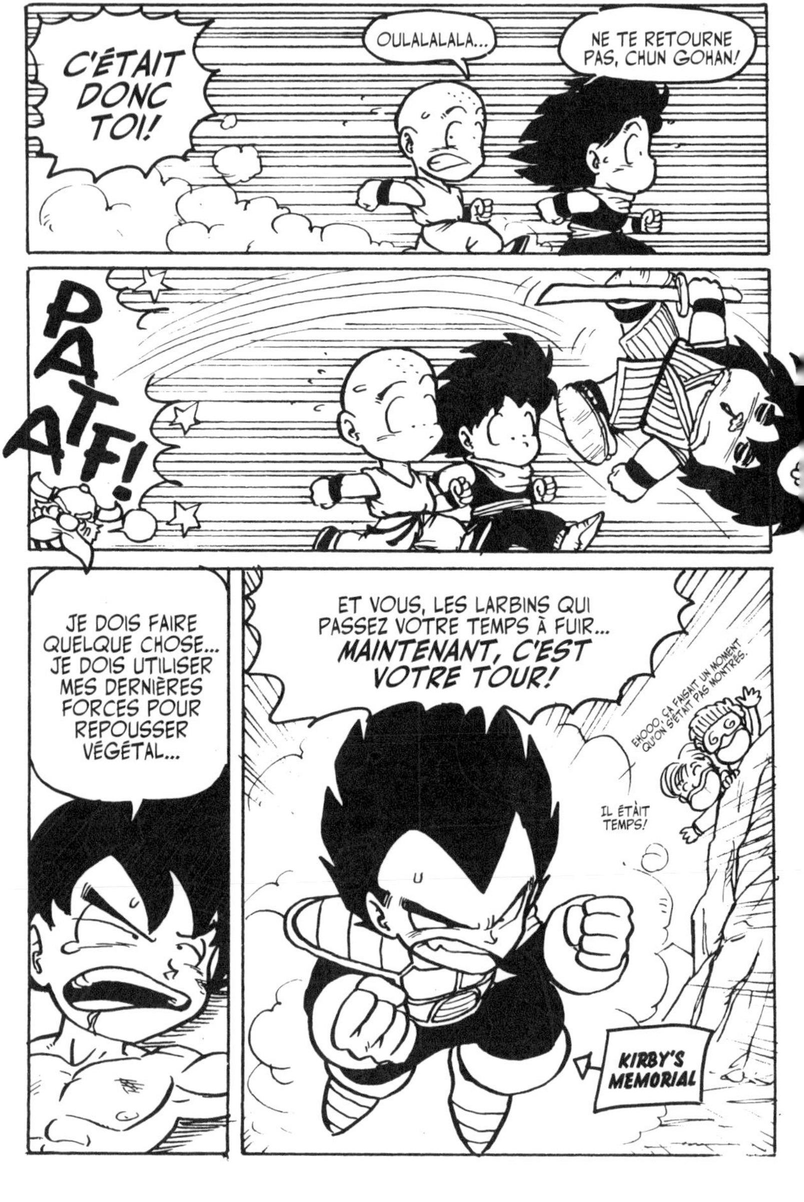
C'ÉTAIT DONC TOI!
OULALALALA...
NE TE RETOURNE PAS, CHUN GOHAN!
PATAF!
JE DOIS FAIRE QUELQUE CHOSE... JE DOIS UTILISER MES DERNIÈRES FORCES POUR REPOUSSER VÉGÉTAL...
ET VOUS, LES LARBINS QUI PASSEZ VOTRE TEMPS À FUIR... MAINTENANT, C'EST VOTRE TOUR!
EHOOO, ÇA FAISAIT UN MOMENT QU'ON S'ÉTAIT PAS MONTRÉS.
IL ÉTÀIT TEMPS!
KIRBY'S MEMORIAL

ZUUUMM!!
...
GAME OVER.
!
PAF!
PATAF!
TIKRILIN, MON AMI, COMME JE SUIS CONTENT QUE TU AIES RAMPÉ JUSQU'ICI... JE PENSAIS JUSTEMENT À TOI POUR...
VA MOURIR!

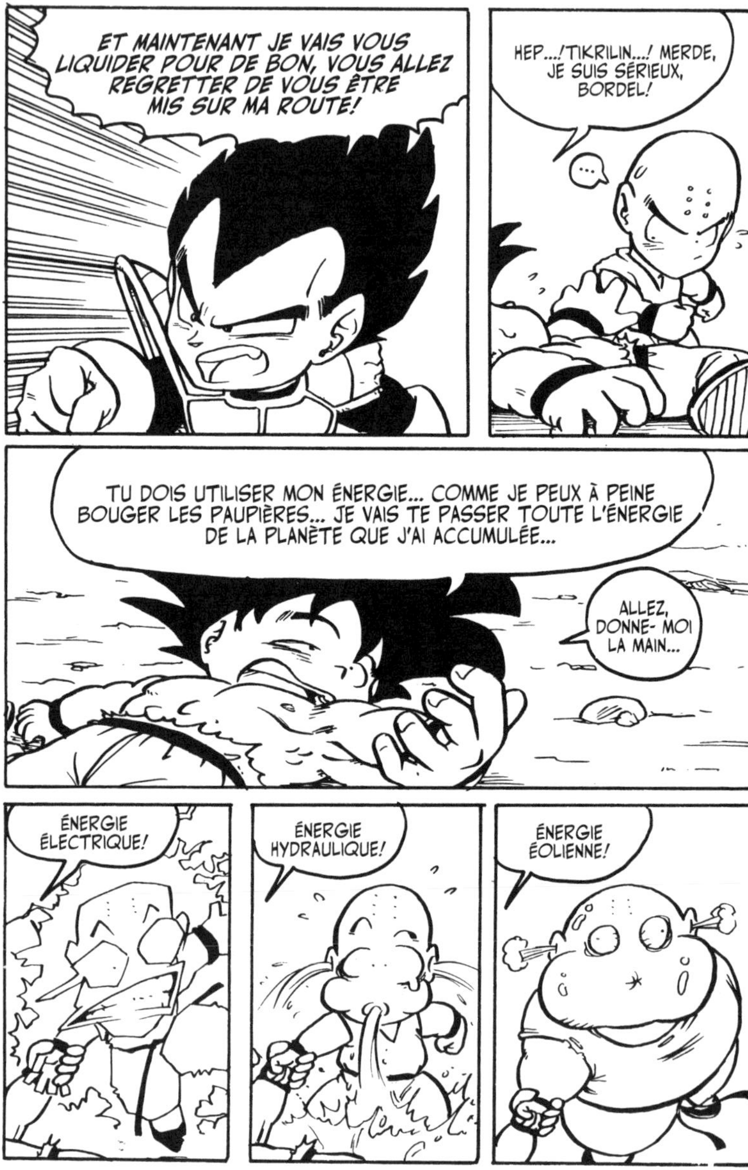
ET MAINTENANT JE VAIS VOUS LIQUIDER POUR DE BON, VOUS ALLEZ REGRETTER DE VOUS ÊTRE MIS SUR MA ROUTE!
HEP...!TIKRILIN...! MERDE, JE SUIS SÉRIEUX, BORDEL!
...
TU DOIS UTILISER MON ÉNERGIE... COMME JE PEUX À PEINE BOUGER LES PAUPIÈRES... JE VAIS TE PASSER TOUTE L'ÉNERGIE DE LA PLANÈTE QUE J'AI ACCUMULÉE...
ALLEZ, DONNE- MOI LA MAIN...
ÉNERGIE ÉLECTRIQUE!
ÉNERGIE HYDRAULIQUE!
ÉNERGIE ÉOLIENNE!

ÉNERGIE NUCLÉAIRE!
BOUMMM!
BON, MOI, JE VAIS M'ACHARNER SUR LE GAMIN CHÉTIF, DE FAÇON TOUT À FAIT LÂCHE ET VILE...
JE LA SENS, OUI, JE LA SENS!
GNIAK GNIAK GNIAK
HEIN?
UH!
PATOF!
HA, HA, HA, SOUFFRE, ESPÈCE DE RAT!
SI TU SURVIS À ÇA, IL TE RESTERA MOINS DE FONCTION QU'À UN TAILLE-CRAYON!
PUNCHA PUNCHA
PAM PUM PAFF PIFF POFF

HÉ, HÉ, HÉ...
?
!
PO
STOMP! STOMP! STOMP!
J'AI... J'AI RÉUSSI... À... RÉUNIR TOUTE... L'ÉNERGIE.
ET... MAINTENANT ...
WAK!
SMASH!

C'EST LA FIN DE CE PETIT MERDEUX!
BLEHBLEHBLEH...
HÉ, VÉGÉTAL!
?
ON A PAS ENCORE FINI!
BOULE D'ÉNERGIE!
FLASH!

ET MERDE... MES DEUX MAINS SONT OCCUPÉES!
SMASH!
UGH!
PETIT BÂTARD!
KROCK!
HI, HI, HI, HI...

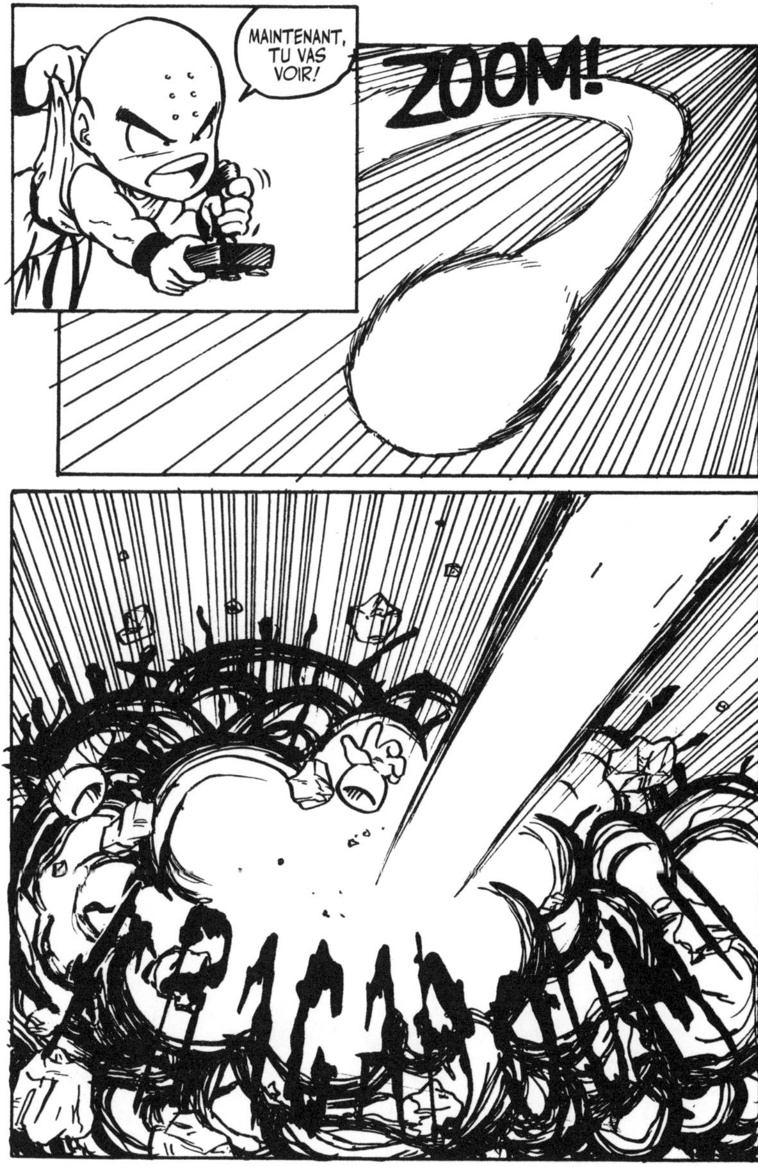
MAINTENANT, TU VAS VOIR!
ZOOM!

HOURRA POUR TIKRILIN!
ON A GAGNÉ!
LES OREILLES, LES OREILLES ET LA QUEUE!
JE SAVAIS... QUE J'Y ARRIVERAIS...
HÉ, HÉ, HÉ!
C'ÉTAIT SANS COMPTER SUR MES ASTUCES
CH
HÉ, HÉ, HÉ, NOUS, LES PUYAJINS, NOUS SOMMES DE VRAIS DURS À CUIRE...
BORDEL QUE J'AI MAL...!

ça devrait marcher…

NON, NON, JE NE LE PERMETTRAI PAS!
JE T'EN EMPÊCHERAI! AVANT ÇA, JE TE TUERAI À COUP DE POING!
PAF! PAF!
JE TE TUERAI, ET TE BROIERAI ET TE RÉDUIRAI EN PURÉE ET...
PAFF! PAFF!
?
IIIIIIIIIIH!!

VAS-Y FISTON! MAINTENANT, UTILISE TES NOUVELLES FORCES!
UN MOMENT, AUSSI GRAND SOIT-IL, ÇA N'EST RIEN DE PLUS QU'UN GAMIN EFFRAYÉ... SI JE M'IMPOSE ET LUI FAIS FACE...
ROWHR!
ALLEZ, CHUN GOHAN, SOIS SANS PITIÉ!
BUTE-LE!
BON, OUBLIONS, ESSAYONS PLUTÔT DE LUI COUPER LA QUEUE POUR EN FINIR!

JE DOIS...!!
GRRR!
MON DYEU, LA RACLÉE QU'IL VA SE PRENDRE, JE NE VEUX PAS VOIR ÇA!
MOI SI!
MAMAN!!!
AU SECOURS...!!

ARGN!
BROING!
AGFS! SAUVÉ PAR MES RÉFLEXES DE FÉLIN!
LA VACHE, COMMENT IL SAUTE, CES PUYAJINS SONT VRAIMENT BALÈZES!
BAH!
OUF! SAUVÉ!
TUD!
PATAMM!

ROWHR!
FILS...DE...PU...TE...!
YEEHAA!
BEAU TRAVAIL, CHUN GOHAN, TU LE TIENS!
PATAM!
ROWHR!
MAIS OUI, DUCON, MAIS OUI...!

MERDE...CHUN GOHAN NE SE CONTRÔLE PLUS SOUS SON ÉTAT DE MONSTRE!
ON A UN NOUVEAU PROBLÈME!
AGH... CETTE... CETTE QUEUE... SI GRANDE! JE... JE NE PEUX PAS RÉSISTER... JE DOIS... JE DOIS...!
AÏE, J'AI MAL PARTOUT!
AAAARGH!
GROAR!

AAAAH!!
CHAS!
BONZAÏ!
!
?
AHA! FINIES LES SINGERIES, MAINTENANT TU ES À MA MERCI, COMME LES AUTRES!
PATUM!
PATAM!

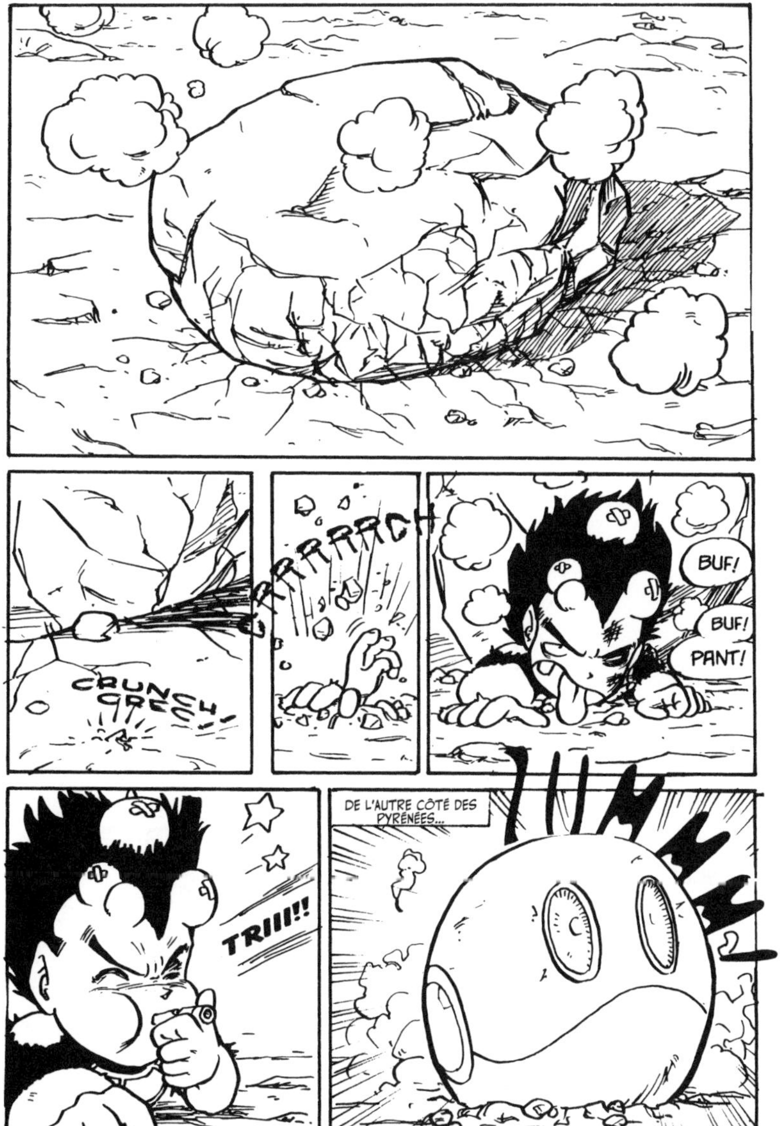
CRUNCH
CRECC!!
RRRRRRRCH
BUF!
BUF!
PANT!
TRIIII!!
DE L'AUTRE CÔTÉ DES PYRÉNÉES...

WOUM!
VOYONS... LE TUNNEL DE L'AUTOROUTE DOIT PASSER PAR LA ZONE INDIQUÉE ICI.
MAIS IL ME SEMBLE QUE LE TEMPS QUI NOUS A ÉTÉ ACCORDÉ EST TROP COURT. ON VA L'AVOIR DANS LE CUL!
JE REGRETTE, MAIS MES SUPÉRIEURS VEULENT AVOIR UNE PROMOTION, ALORS IL VAUDRAIT MIEUX QUE TOUT SOIT TERMINÉ LORSQU'ILS VIENDRONT POUR L'INAUGURATION DEVANT LA PRESSE...

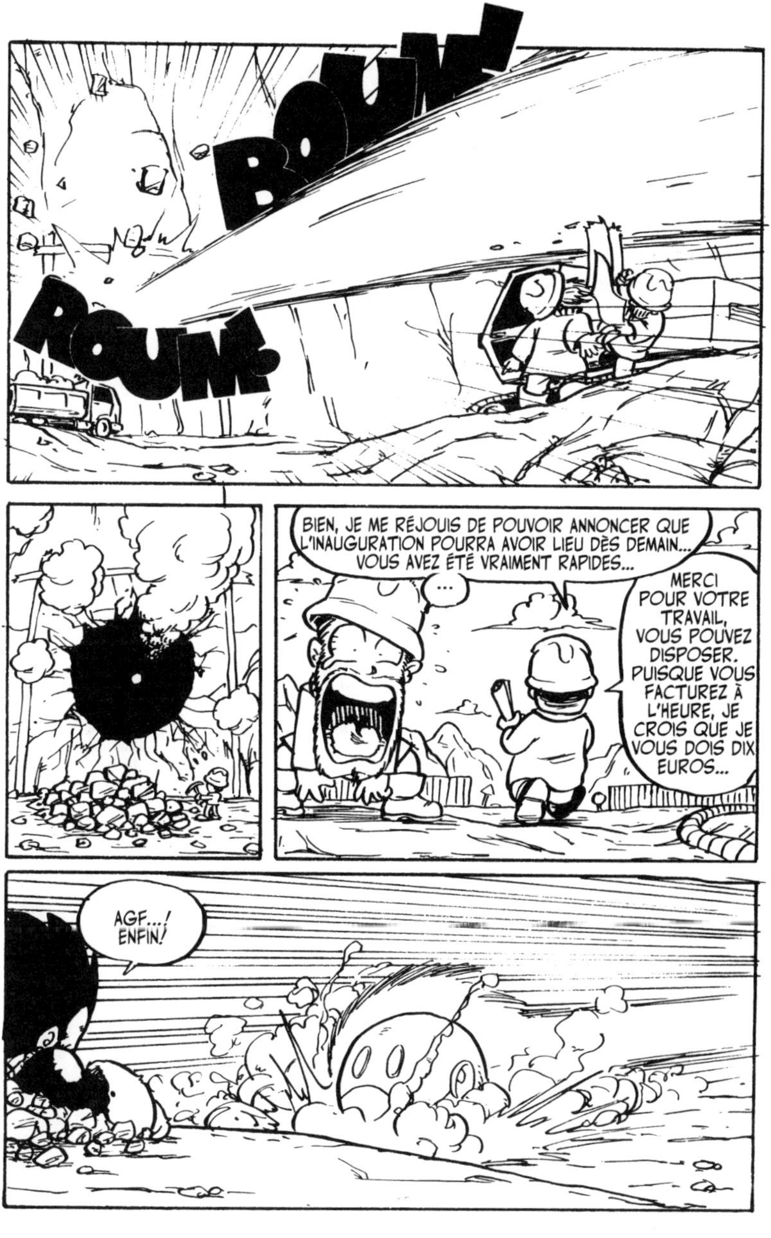
BOUM!
BOUM!
BIEN, JE ME RÉJOUIS DE POUVOIR ANNONCER QUE L'INAUGURATION POURRA AVOIR LIEU DÈS DEMAIN... VOUS AVEZ ÉTÉ VRAIMENT RAPIDES...
...
MERCI POUR VOTRE TRAVAIL, VOUS POUVEZ DISPOSER. PUISQUE VOUS FACTUREZ À L'HEURE, JE CROIS QUE JE VOUS DOIS DIX EUROS...
AGF...! ENFIN!

ARF... ALLEZ... DEBOUT!
AÏE, MA HERNIE!
VÉGÉTAL... NON... JE... NE TE LAISSERAI PAS...T'ENFUIR!
ET SE DÉROULE ALORS UNE DERNIÈRE ET DRAMATIQUE POURSUITE...
AÏE
AÏE
AÏE
LAISSE-MOI TRANQUILLE!
PRENDS ÇA CONNARD!
UNE DENT DE SAGESSE, LA PLUS DOULOUREUSE!
VOUS ALLEZ AVANCER PLUS VITE, OUI!
WMIR!
ARRÊTE-TOI!!
MAIS OUI, MON GARS, MAIS OUI...

...
...
CLACK!
PUNCH!
SÉQUENCE DE DÉCOLLAGE AMORCÉE. INSTALLEZ-VOUS DANS LA CABINE.
MAUDIT ASSASSIN... TU NE T'ÉCHAPPERAS PAS!
LAISSE-MOI UNE SEMAINE POUR REPRENDRE DES FORCES!
NON TIKRILIN! NE FAIS RIEN! LAISSE-LE PARTIR!

JE N'AI PAS BIEN COMPRIS. JE NE FAIS RIEN OU JE LE LAISSE PARTIR?
HÉ, IL A MIS LE DOIGT SUR UN PARADOXE!
C'EST TROP POUR MOI!
?
?
?
...
VITE, PARTONS PENDANT QU'ILS SONT OCCUPÉS!
CLACK
BROOOUM!
!

IL... IL EST... PARTI!
HÉ, HÉ, C'EST DRÔLE... JE NE ME RAPPELLE PLUS POURQUOI JE T'AI DIT D'ATTENDRE...
GLUB
AÏE!
OUCH!
UGH!
OUILLE!
QUELQU'UN VIENT!

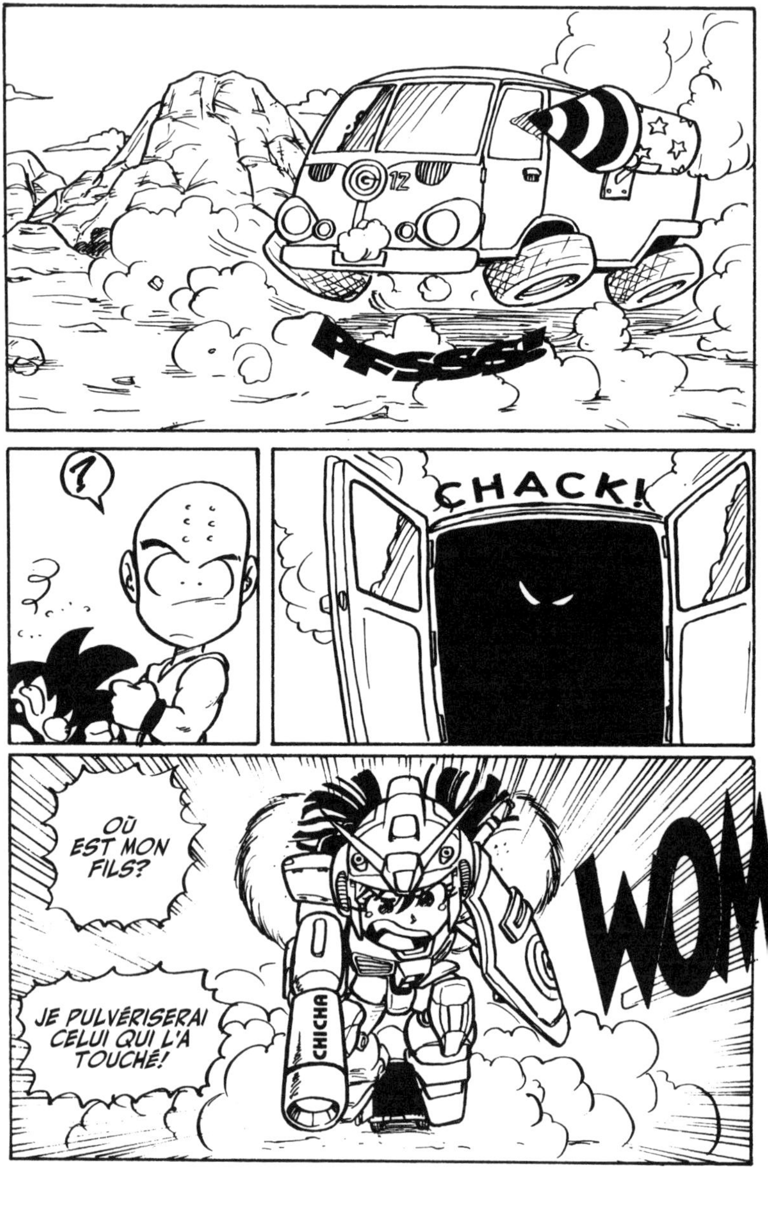
CHACK!
OÙ EST MON FILS?
JE PULVÉRISERAI CELUI QUI L'A TOUCHÉ!
CHICHA
WOM

CHICHA, MON CŒUR, TU ES VENUE!
OÙ EST CHUN GOHAN?
PUNCH!
SOSON GOKU! TIKRILIN!
ET C'EST QUI CE GROS MEC?
MERDE, FALLAIT QU'ELLE CHOPPE UN COUP DE FROID JUSTE QUAND JE...
C'EST UNE AMIE À VOUS?
"ÇA", C'EST LA FEMME DE SOSON GOKU...
ÇA SE VOIT...
CHUN GOHAN?
MON CHÉRI, OÙ ES-TU?

OÙ EST CHUN GOHAN?
TU RÉPONDS OU TU BOUFFES DU BOUCLIER!
CHICH
BEN... HÉ, HÉ, HÉ...
...
CRAC CRAC
ET VÉGÉTAL?
DISPARU, IL A RÉUSSI À S'ÉCHAPPER!
EHEM.
ET PERSONNE NE S'OCCUPE DE MOI...!
C'EST PAS JUSTE.
MERDE, MON SABRE DE TOLÈDE.
C'ÉTAIT PAS UN "GINSU"!

OÙ AVEZ-VOUS TROUVÉ CE VÉHICULE?
MADAME CHICHA ÉTAIT SUR LE CHEMIN ET NOUS A EMMENÉS. DE PLUS ON AVAIT DU RENFORT...
MAÎTRE SAKARINE, TU TE SOUVIENS DE LUI, NON?
PLUS JAMAIS JE NE VOYAGERAI AVEC TROIS FEMMES! MON DYEU, QUELLE HUMILIATION!
ALLEZ, TOUS DANS LA FOURGONNETTE, IL EST TEMPS D'AGIR!
ENCORE?
HO, REGARDE CES DEUX-LÀ! MOI AUSSI, JE VEUX...
AIDE-MOI AVEC LE MORVEUX ET ARRÊTE TES CONNERIES...!
EN ROUTE!

ET MOI, JE VAIS DERRIÈRE, AVEC LE BÉTAIL!
OUI, J'AI CHANGÉ DE COUPE PENDANT QUE JE VOUS ATTENDAIS... VOUS ÉTIEZ SI LONGS!
JE N'AIME PAS L'IDÉE QUE CE PUYAJIN SE SOIT ÉCHAPPÉ... ET S'IL REVENAIT AVEC DES RENFORTS?
DU CALME, J'AI RAMASSÉ DES ÉCHANTILLONS DE SA TECHNOLOGIE, JE LES ANALYSERAI CHEZ MON PÈRE ET NOUS SAURONS QUOI FAIRE...
MAIS, SEIGNEUR VÉGÉTAL, VOUS NE PENSEZ PAS QUE NOUS DEVRIONS LANCER UNE INVASION MASSIVE?
J'AI DIT NON! ON RENTRE À LA BASE! IMMÉDIATEMENT!

AH! ET VÉGÉTAL? ET LES AUTRES?
MINUTE, JEUNE HOMME, ON VA DISCUTER UN PEU TOI ET MOI, DE L'OBÉISSANCE ET DE LA RESPONSABILITÉ! QUI T'A LAISSÉ PARTIR? HEIN?
...
MAIS C'EST QUE... MES AMIS...
BIEN SÛR! ET SI TES AMIS SE JETTENT PAR LA FENÊTRE, TU TE JETTERAS AUSSI, C'EST ÇA?
BON! ÇA SUFFIT! ON EST SUFFISAMMENT DANS LA MERDE COMME ÇA! IL FAUT RÉFLÉCHIR À DES SOLUTIONS, VITE!
NOUS DEVONS DEMANDER CONSEIL À UNE INSTANCE SUPÉRIEURE. DYEU AYANT DISPARU AVEC DISCOLO, IL NE RESTE QUE LE GRAND MAÎTRE POISKAÏO, DE L'AU-DELÀ...
ET COMMENT PEUT-ON LE JOINDRE?
VOYONS S'IL RÉPOND...
OUI, JE SUIS AU COURANT DE VOTRE PROBLÈME... LE PUYAJIN A FUI APRÈS AVOIR DÉROUILLÉ SOSON GOKU ET TUÉ TORDU GÉNIAL, YANSHA, TÉ SIN PAH, HAVOC ET DISCOLO, AVEC LEQUEL A DISPARU SON AUTRE MOITIÉ, DYEU...
HOUBA!

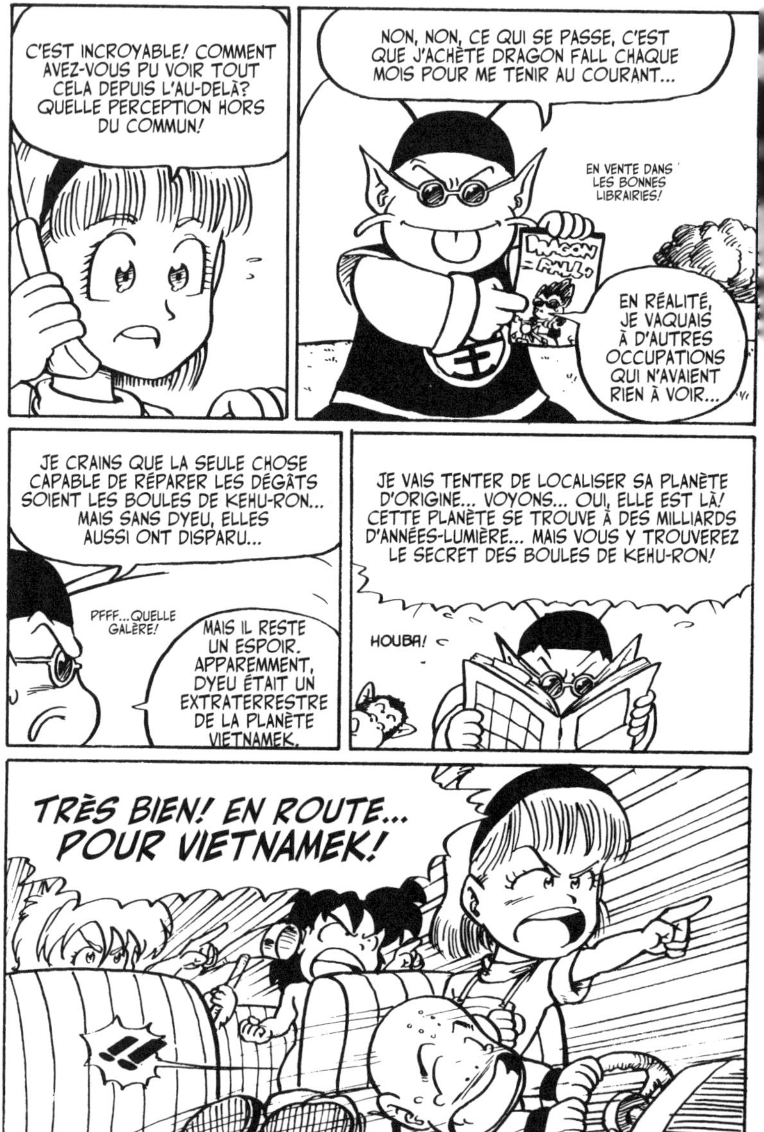
C'EST INCROYABLE! COMMENT AVEZ-VOUS PU VOIR TOUT CELA DEPUIS L'AU-DELÀ? QUELLE PERCEPTION HORS DU COMMUN!
NON, NON, CE QUI SE PASSE, C'EST QUE J'ACHÈTE DRAGON FALL CHAQUE MOIS POUR ME TENIR AU COURANT...
EN VENTE DANS LES BONNES LIBRAIRIES!
DRAGON FALL
EN RÉALITÉ, JE VAQUAIS À D'AUTRES OCCUPATIONS QUI N'AVAIENT RIEN À VOIR...
JE CRAINS QUE LA SEULE CHOSE CAPABLE DE RÉPARER LES DÉGÂTS SOIENT LES BOULES DE KEHU-RON... MAIS SANS DYEU, ELLES AUSSI ONT DISPARU...
PFFF...QUELLE GALÈRE!
MAIS IL RESTE UN ESPOIR. APPAREMMENT, DYEU ÉTAIT UN EXTRATERRESTRE DE LA PLANÈTE VIETNAMEK.
JE VAIS TENTER DE LOCALISER SA PLANÈTE D'ORIGINE... VOYONS... OUI, ELLE EST LÀ! CETTE PLANÈTE SE TROUVE À DES MILLIARDS D'ANNÉES-LUMIÈRE... MAIS VOUS Y TROUVEREZ LE SECRET DES BOULES DE KEHU-RON!
HOUBA!
TRÈS BIEN! EN ROUTE... POUR VIETNAMEK!

MINUTE PAPILLON! CE N'EST PAS SI SIMPLE! SANS PARLER DE LA DISTANCE HALLUCINANTE QUI NOUS SÉPARE DE LA PLANÈTE VIETNAMEK, IL S'Y EST PRODUIT CERTAINES CHOSES QUI ONT PU AFFECTER SES HABITANTS...
IL Y A QUELQUE TEMPS, UN TERRIBLE CHANGEMENT ATMOSPHÉRIQUE A CAUSÉ LA DISPARITION DE PRESQUE TOUTE FORME DE VIE SUR LA PLANÈTE!
MAIS... MAIS ALORS, QUE POUVONS-NOUS FAIRE?
AVONS-NOUS PERDU TOUT ESPOIR?
HUMM, VOYONS VOIR... NON, TOUS N'ONT PAS DISPARU... ENVIRON 100 PERSONNES OU PRESQUE ONT SURVÉCU... BIEN QU'APRÈS...
IL Y A EU UNE ÉPIDÉMIE DE BÊTISE ET ILS N'EN EST RESTÉ QUE 50.
APRÈS, IL Y A EU LA PESTE DE LA GRENOUILLE... ÇA OUI, C'ÉTAIT UNE GRENOUILLE ÉNORME, ELLE A AVALÉ AU MOINS 14 PERSONNES AVANT D'ÊTRE RAMENÉE À SA TAILLE NORMALE...
...
ET APRÈS, IL Y A EU LA CRISE D'EMPOISONNEMENT...
ET APRÈS L'EXPLOSION DE GAZ...
ET L'ACCIDENT DU BUS...
ET LE...

C'EST BON! COMBIEN IL EN RESTE?
BORDEL!
DU CALME, DU CALME... JE NE FAISAIS QU'ÉNUMÉRER... VOYONS RÉELLEMENT S'IL RESTE DES GENS SUR VIETNAMEK!
PIIII!
HOUBA!
IL RESTE UN GROUPE DE NATIFS QUI SE CONSACRENT À L'ÉLEVAGE DE POISSONS LAITIERS ET À LA CULTURE DE LA PATATE SAUVAGE....
UNE CULTURE TRÈS RISQUÉE D'AILLEURS...
AH, ENFIN! ET ILS SONT BEAUCOUP? COMBIEN, DITES-MOI?
EH BEN... VOYONS... IL RESTE... LE PETIT VERT, LE GROS VERT, LE VIEUX VERT, LE VERT SOLITAIRE AUSSI... LE GRAND V... NON, LUI IL A CLAMSÉ AVEC LE TRUC DU BUS... ET...
IL RESTE TROIS PELÉS ET UN TONDU? ET LES BOULES?
OUI, OUI, LES BOULES SONT LÀ-BAS, IL N'Y A AUCUN DOUTE LÀ-DESSUS...

BON, ALLONS CHEZ MES PARENTS LÀ-BAS, NOUS ÉLABORERONS LE PLAN À SUIVRE!
RVOOOM!
PEU DE TEMPS APRÈS...
BIEN, NOUS AVONS RÉCUPÉRÉ TOUTE LA TECHNOLOGIE DES GUERRIERS DE L'ESPACE QU'ON A PU TROUVER : LES SYSTÈMES DE MESURE D'ÉNERGIE, LES CAPSULES DE ROLEX ET NAPPALM, LA TENUE BLINDÉE DE ROLEX, SES ALLUMETTES, ETC...
MAINTENANT, VOYONS CE QUE NOUS ALLONS FAIRE AVEC TOUT ÇA...
UN BAL MASQUÉ?

BON, AU MOINS ON SAIT QU'UN BAL MASQUÉ, C'EST NON.
OUTILS
PARTICULIEREMENT LOURDS
NOUS DEVONS ÉTUDIER À FOND LE FONCTIONNEMENT DES CAPSULES. NOUS POURRIONS PEUT-ÊTRE LES UTILISER POUR ALLER SUR VIETNAMEK... ELLES SONT DANS LE GARAGE...
POUR LE MOMENT NOUS AVONS MESURÉ LA PUISSANCE ET LA CONSOMMATION D'ÉNERGIE. ELLE SONT TRÈS ÉLEVÉES...!
NOUS ALLONS CHERCHER LA CLEF CODÉE QUI NOUS PERMETTRA DE TRADUIRE TOUT SON SOFTWARE ET AINSI, NOUS POURRONS LA PROGRAMMER SELON NOS BESOINS. PENDANT CE TEMPS NOUS ALLONS FAIRE UNE RÉVISION MÉTICULEUSE DES MÉCANISMES.
ET SI ON ESSAYAIT D'ACTIONNER TOUS LES BOUTONS POUR VOIR À QUOI ILS SERVENT? ÇA NE SERAIT PAS PLUS SIMPLE?
TIC

GARAGE
¡BOUM!
SMOKE
MERCI, MERCI BEAUCOUP POUR TES CONSEILS D'EXPERT! MAINTENANT ON SAIT SUR QUEL BOUTON IL NE FALLAIT PAS APPUYER!
CE TYPE SERAIT CAPABLE DE TROUVER LE BOUTON D'AUTODESTRUCTION SUR UN DISTRIBUTEUR DE COCA-COLA!
ALLEZ, CONTINUONS LES ESSAIS, IL NOUS RESTE UN VAISSEAU ET ENVIRON 37 BOUTONS!
BIEN, À PARTIR DE MAINTENANT NOUS ALLONS CONTINUER À MA FAÇON! DES COMMENTAIRES?
NON, ABSO-LUMENT AUCUN!
ET CES MACHINS-LÀ? TU AS TROUVÉ CE QU'ILS FONT?
CE SONT DES APPAREILS DE MESURE D'ÉNERGIE. JE SUIS EN TRAIN DE DÉCHIFFRER LEURS CODES MÉTRIQUES.

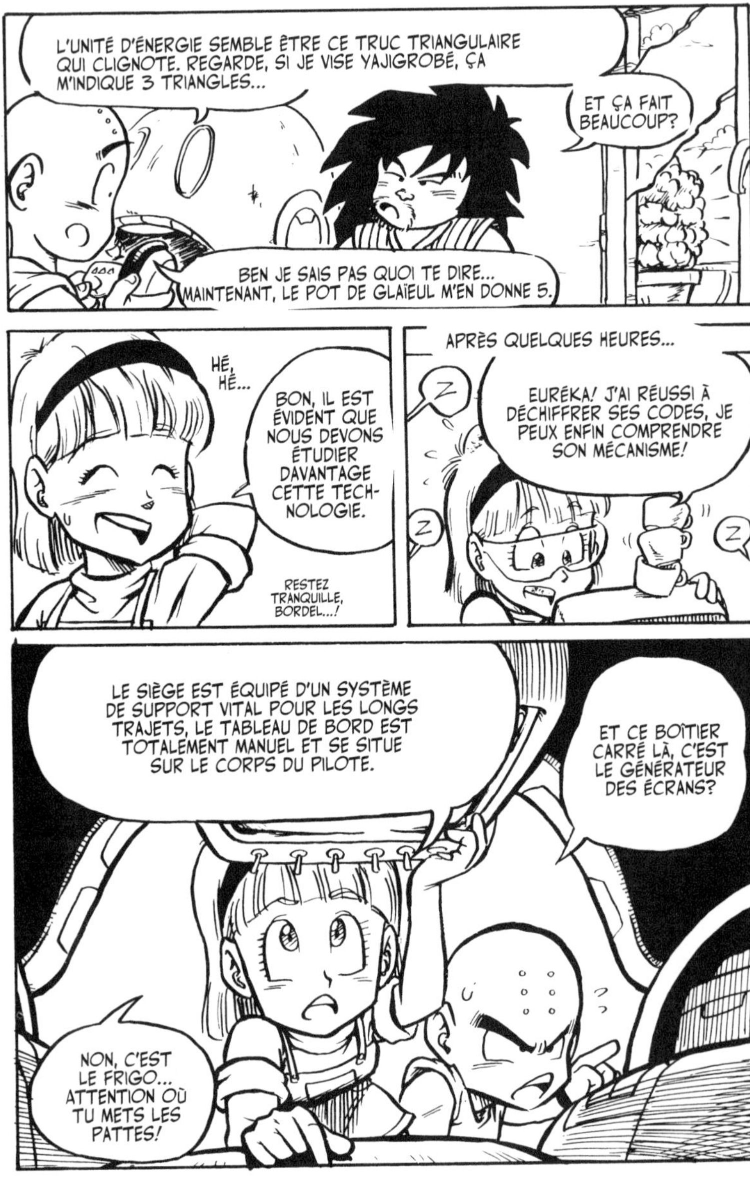
L'UNITÉ D'ÉNERGIE SEMBLE ÊTRE CE TRUC TRIANGULAIRE QUI CLIGNOTE. REGARDE, SI JE VISE YAJIGROBÉ, ÇA M'INDIQUE 3 TRIANGLES...
ET ÇA FAIT BEAUCOUP?
BEN JE SAIS PAS QUOI TE DIRE... MAINTENANT, LE POT DE GLAÏEUL M'EN DONNE 5.
HÉ, HÉ...
BON, IL EST ÉVIDENT QUE NOUS DEVONS ÉTUDIER DAVANTAGE CETTE TECH-NOLOGIE.
RESTEZ TRANQUILLE, BORDEL...!
APRÈS QUELQUES HEURES...
EURÉKA! J'AI RÉUSSI À DÉCHIFFRER SES CODES, JE PEUX ENFIN COMPRENDRE SON MÉCANISME!
LE SIÈGE EST ÉQUIPÉ D'UN SYSTÈME DE SUPPORT VITAL POUR LES LONGS TRAJETS, LE TABLEAU DE BORD EST TOTALEMENT MANUEL ET SE SITUE SUR LE CORPS DU PILOTE.
ET CE BOÎTIER CARRÉ LÀ, C'EST LE GÉNÉRATEUR DES ÉCRANS?
NON, C'EST LE FRIGO... ATTENTION OÙ TU METS LES PATTES!

JE VAIS TESTER LES SYSTÈMES DE LA NAVETTE. IL FAUT QUE TU SORTES, C'EST UN MONOPLACE.
ET POURQUOI PAS TOI?
PARCE QUE JE SUIS PLUS JOLIE!
AH, OUAIS...
QUELLE HALLU! COMMENT JE FAIS POUR ME RETROUVER TOUJOURS AVEC DES TYPES DONT LE Q.I EST INFÉRIEUR À CELUI D'UNE HUÎTRE? ENFIN, BREF...
JE VAIS FAIRE UN CHECK-UP GÉNÉRAL!
AHA, IL FAUT METTRE DU CARBURANT DANS LE RÉSERVOIR... QUELLE CHANCE QUE J'AI RÉUSSI À DÉCHIFFRER CETTE FORME DE LANGAGE AVANCÉE...
Hep!
OK?
DANS CETTE MAISON, ON NE SE PRIVE DE RIEN. DÈS QU'IL SERA PRÊT POUR LE DÉCOLLAGE, JE FERAI UN VOL D'ESSAI.
ACME
essence pour fusées

IL EST PLEIN!
ting!
FULL
TRÈS BIEN... SÉQUENCE DE DÉCOLLAGE PROGRAMMÉE... NOUS COMMENCERONS EN DOUCEUR PAR UN VOL COURT...
¡FRAGABOUM!
JE CROIS BIEN QUE ÇA A VOLÉ, LÀ...
!?!
JE SAIS PAS...MA TECHNIQUE ÉTAIT PLUS RAPIDE...
RAC RAC

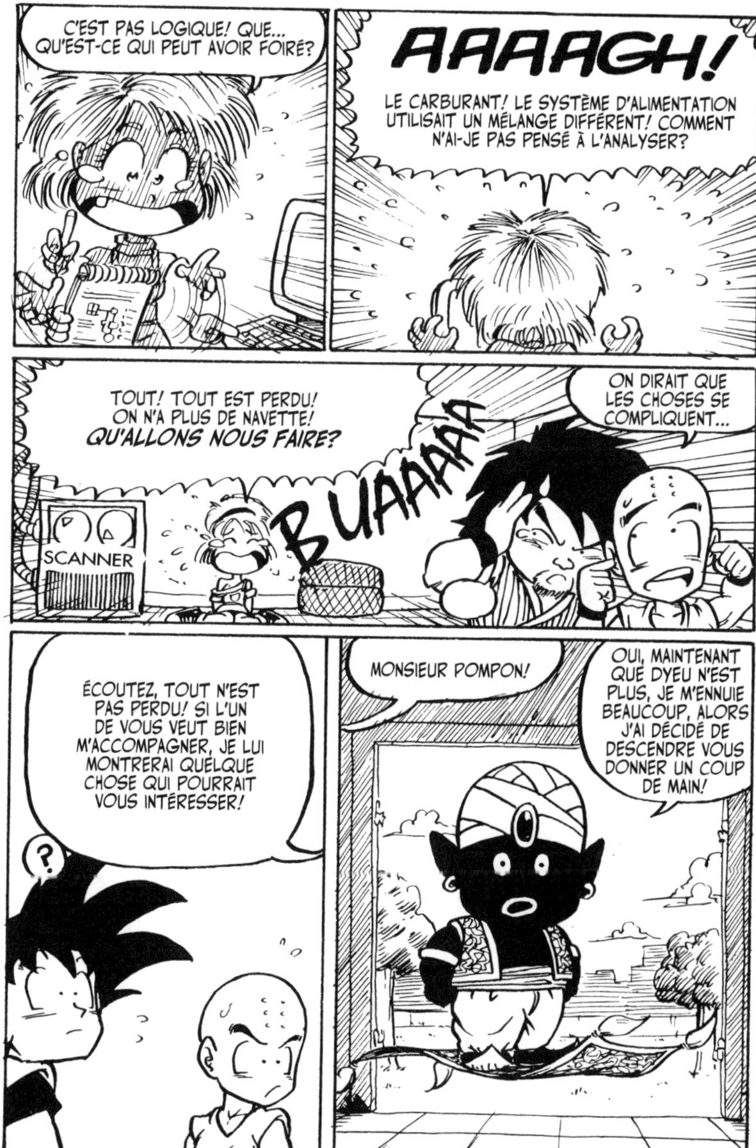
C'EST PAS LOGIQUE! QUE... QU'EST-CE QUI PEUT AVOIR FOIRÉ?
AAAAGH!
LE CARBURANT! LE SYSTÈME D'ALIMENTATION UTILISAIT UN MÉLANGE DIFFÉRENT! COMMENT N'AI-JE PAS PENSÉ À L'ANALYSER?
TOUT! TOUT EST PERDU! ON N'A PLUS DE NAVETTE! QU'ALLONS NOUS FAIRE?
BUAAAAA
SCANNER
ON DIRAIT QUE LES CHOSES SE COMPLIQUENT...
ÉCOUTEZ, TOUT N'EST PAS PERDU! SI L'UN DE VOUS VEUT BIEN M'ACCOMPAGNER, JE LUI MONTRERAI QUELQUE CHOSE QUI POURRAIT VOUS INTÉRESSER!
?
MONSIEUR POMPON!
OUI, MAINTENANT QUE DYEU N'EST PLUS, JE M'ENNUIE BEAUCOUP, ALORS J'AI DÉCIDÉ DE DESCENDRE VOUS DONNER UN COUP DE MAIN!

JE CONNAIS UN ENDROIT OÙ SE TROUVE UN OBJET DONT DYEU M'A PARLÉ... ÇA POURRAIT ÊTRE UNE NAVETTE SPATIALE, MAIS JE N'EN SUIS PAS SÛR...
SI L'UN DE VOUS ACCEPTAIT DE VENIR VÉRIFIER, NOUS SERIONS FIXÉS...
BIEN... JE VOIS QUE NOUS AVONS UNE VOLONTAIRE...
...
ALLEZ, MONTEZ... SOYEZ TRANQUILLE, IL A DE TRÈS BONNES SUSPENSIONS...HA, HA, HA...
...
BAMF!
NOUS SOMMES ARRIVÉS!
LA VACHE, JE N'AI MÊME PAS EU LE TEMPS DE ME METTRE À MON AISE.

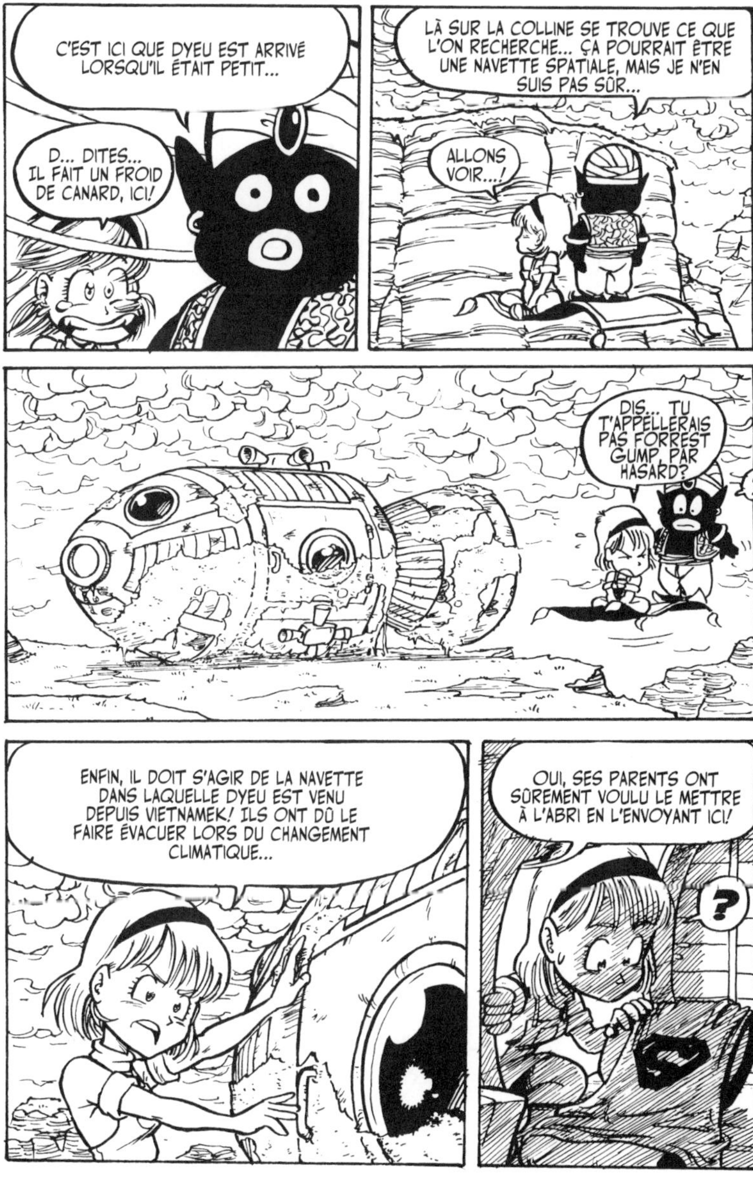
C'EST ICI QUE DYEU EST ARRIVÉ LORSQU'IL ÉTAIT PETIT...
D... DITES... IL FAIT UN FROID DE CANARD, ICI!
LÀ SUR LA COLLINE SE TROUVE CE QUE L'ON RECHERCHE... ÇA POURRAIT ÊTRE UNE NAVETTE SPATIALE, MAIS JE N'EN SUIS PAS SÛR...
ALLONS VOIR...!
DIS... TU T'APPELLERAIS PAS FORREST GUMP, PAR HASARD?
?
ENFIN, IL DOIT S'AGIR DE LA NAVETTE DANS LAQUELLE DYEU EST VENU DEPUIS VIETNAMEK! ILS ONT DÛ LE FAIRE ÉVACUER LORS DU CHANGEMENT CLIMATIQUE...
OUI, SES PARENTS ONT SÛREMENT VOULU LE METTRE À L'ABRI EN L'ENVOYANT ICI!
?

ON DIRAIT QUE LES MÉCANISMES SONT EN BON ÉTAT, MAIS JE VAIS DEVOIR REPRENDRE MES EXAMENS À ZÉRO...
DYEU M'A EXPLIQUÉ QUE LE TABLEAU DE BORD ÉTAIT À COMMANDE VOCALE...
ON VA VOIR... MISE EN MARCHE DES SYSTÈMES!
OOHNNGG!
BIEN, ÇA FONCTIONNE! DYEU A DÛ LE REPROGRAMMER AU LANGAGE LOCAL! JE VAIS FAIRE UN VOL D'ESSAI!
ÉCOUTE-MOI! FAIS UN CHECK-UP DES MÉCANISMES ET, SI TOUT EST EN ORDRE, VOLE JUSQU'À LA PLANÈTE LA PLUS PROCHE! MAINTENANT!

O.K.
TUING!
TOING
OUOUOUOUH
BOUM!
MAIS... ELLE... S'EN VA!!
NATURELLEMENT... LE SOFTWARE DE CETTE NAVETTE EST CONÇU POUR ÉVITER LES MAUVAISES INTERPRÉTATIONS DES ORDRES... SIMPLE MESURE DE SÉCURITÉ. SI VOUS VOULIEZ QU'ELLE VOUS EMMÈNE, IL FALLAIT LE SPÉCIFIER...
BIEN... TRÈS BIEN... ET JE SUPPOSE QUE, SUIVANT MES ORDRES AU PIED DE LA LETTRE, ELLE SE TROUVE SUR LA PLANÈTE LA PLUS PROCHE! NON?
ET COMMENT ON LA RÉCUPÈRE?
TRÈS LOURD
EH BIEN... HÉ, HÉ, HÉ... ON VA AVOIR BESOIN... D'UNE NAVETTE SPATIALE...
WAGH!
AOUCH! AÏE!
WAAK!
TROMP

DE RETOUR À LA MAISON...
BUIAAAAAAAAAH!
CRÉTIN!
NOUS NE POURRONS JAMAIS ALLER SUR VIETNAMEK! JE ME SENS TRÈS MAL, LIMITE «NERVOUS BREAKDOWN», ET JE SUIS ENTOURÉE DE DEMEURÉS!
DE QUI PARLE-T-ELLE?
DU CALME, MA FILLE. ON M'A PARLÉ DE VOS PROBLÈMES, ET JE PENSE POUVOIR VOUS AIDER...
PAPA!
LE PATRON DE LA DRAGÉE CORPORATION! LE PLUS CÉLÈBRE SCIENTIFIQUE DU MONDE!
ÇA RESTE À VOIR...
QUOI? COMMENT ÇA «UNE TIQUE IMMONDE»? UN PEU DE RESPECT, JEUNE HOMME! NOUS ALLONS TOUT DE SUITE COMMENCER À TRAVAILLER À MON PROJET SPATIAL!

PENDANT QUE LES TRAVAUX COMMENCENT, À UNE DISTANCE INSONDABLE DE LA TERRE...

LE MONDE FRIGO! LA FORTERESSE DES GUERRIERS DE L'ESPACE...

POUR UN PEU, J'Y LAISSAIS MA PEAU... BORDEL DE MERDE!
CET ENFOIRÉ DE KAKACROT EST DANGEREUX!
AÏE, JE ME SUIS CASSÉ UN ONGLE!
TIENS, TIENS! QUI AVONS-NOUS LÀ? LE COMMANDANT VÉGÉTAL RÉDUIT À L'ÉTAT DE LOQUE!
HÉ HÉ HÉ
RENDS-MOI UN SERVICE, AUBERGINE, NE ME CASSE PAS LES COUILLES! OK?
OH, ÉCOUTEZ-LE LE GRAND HÉROS, TOUT LE MONDE PARLE DE TES FRASQUES SUR LA TERRE...
IL PARAÎTRAIT QUE CE FUT UN VRAI MASSACRE... DE PUYAJINS... HÉ, HÉ. UN AUTOMATE SE SERAIT MIEUX DÉMERDÉ...
AH, OUI? AH, OUI? ET BIEN QUE MONSIEUR AUBERGINE ME DISE CE QUE J'AURAIS DÛ FAIRE FACE À UNE PLANÈTE DE FOUS DANGEREUX À LA FORCE SAUVAGE ET TOTALEMENT IRRÉDUCTIBLES! QUE FERAIT LE BON MONSIEUR AUBERGINE, HEIN?
OÙ AI-JE ENTENDU PARLER DE CES GENS-LÀ MOI?

ET LE SEIGNEUR FRIGO? IL M'A CONFIÉ CETTE MISSION! IL DOIT ÊTRE FURAX!
IL VA ME COLLER AUX LATRINES!
ALLEZ, MON GARS, LE PRENDS PAS COMME ÇA. IL L'A SÛREMENT PRIS AVEC HUMOUR, COMME TOUJ...
IL M'A JUSTEMENT ENVOYÉ TE CHERCHER...
JUDAS!
SUR LA TERRE, DU FAIT DE LA RELATIVITÉ ET DE TOUTE CES FADAISES, LE TEMPS PASSE RAPIDEMENT... LA CONSTRUCTION DURE DEPUIS DEUX SEMAINES...
...LES RAVITAILLEMENTS EN MATÉRIEL DE CONSTRUCTION ARRIVENT SANS CESSE...
!
LEGO
LEGO
...ET IL FAUT RÉSOUDRE CERTAINES ERREURS DE CONCEPTION...

ET, ENFIN, LE TRAVAIL TOUCHE À SA FIN...
BON, LES GARS, LE BOULOT EST FINI! REGARDONS ÇA DE PLUS PRÈS!
QUAND NOUS AURONS VU TOUT L'ÉQUIPEMENT, NOUS DÉSIGNERONS CEUX QUI PARTIRONT SUR VIETNAMEK...
T'ES BEAU COMME ÇA!
...
VOICI LE SAS PRINCIPAL, AVEC LES TENUES SPATIALES. À CET ÉTAGE, ON NE TROUVE QU'UNE REMISE ET LES COMMANDES DE CONTRÔLE DES MOTEURS...

À CET ÉTAGE, LE SÉJOUR, AVEC LES LITS, LA CUISINE, LES W.C, ETC... L'ÉQUIPAGE SERA COMPOSÉ DE TROIS PERSONNES, SINON, LE PAPIER HYGIÉNIQUE NE SUFFIRAIT PAS...
MAIS TOUT CECI N'EST RIEN EN COMPARAISON AVEC LE VÉRITABLE CŒUR DE LA NAVETTE...
LE PONT DE NAVIGATION! ON CONTRÔLE TOUT D'ICI. AVANT LE DÉCOLLAGE, LES HEUREUX ÉLUS APPRENDRONT À SE FAMILIARISER AVEC LES COMMANDES...
CET ENGIN UTILISE UN COMBUSTIBLE À HAUT RENDEMENT, GRÂCE AUQUEL NOUS POURRONS FAIRE LE TRAJET À VIETNAMEK ET REVENIR SANS RAVITAILLEMENT. AU TOTAL, LE VOYAGE DURERA UNE PAIRE DE MOIS EN ESPACE-TEMPS DE LA NAVETTE...
VOICI LE PLAN: TROIS DES NÔTRES IRONT LÀ-BAS, ILS SOLLICITERONT LES BOULES AVEC DIPLOMATIE ET FORMULERONT UN VŒU...

IL NE RESTE PLUS QU'À TROUVER LES TROIS VOLONTAIRES POUR CETTE MISSION...
AU FAIT, SOSON GOKU, MERCI DE N'AVOIR TOUCHÉ À RIEN, C'ÉTAIT TRÈS AIMABLE À TOI...
...
OUI, BON... TU ME DONNES LA CLEF QUAND TU VEUX, HEIN?
HI HI NI
OH, MAIS BIEN SÛR... BREF, À PROPOS DES VOLONTAIRES, J'IRAI BIEN ENTENDU COMME CHEF DE LA MISSION...
DIS, MON CHÉRI, AS-TU VU CHUN GOHAN?
CHUN GOHAN?

ATTENTION! SÉQUENCE DE DÉCOLLAGE ACTIVÉE! ELOIGNEZ-VOUS DE LA ZONE DE LANCEMENT!
J'AI UN HORRIBLE PRESSENTIMENT!
OOOGA!
WILMA, ATTENDS! DONNE-MOI LA CLEF POUR SOSON GOKU!
MACHINES
L'ÉQUIPAGE DISPOSE D'UNE MINUTE POUR S'ATTACHER À SON SIÈGE AVANT LA MISE À FEU!
...

PLUS QUE 45 SECONDES AVANT L'ALLUMAGE!
JE... JE REGARDAIS JUSTE LA COULEUR DES PETITS BOUTONS ET...
ILS ÉTAIENT SI RONDS ET SI TENTANTS...
C'EST MA FAUTE, C'EST MA FAUTE...
DIS, WILMA, LA PORTE EXTÉRIEURE S'EST FERMÉE! QU'EST QUI SE...?
RIEN, LAISSE BÉTON... C'EST FAIT... ALLEZ, ATTACHE TA CEINTURE...
ATTENTION, COMPTE À REBOURS DE 10 SECONDES!
9... 8... 7... 6...

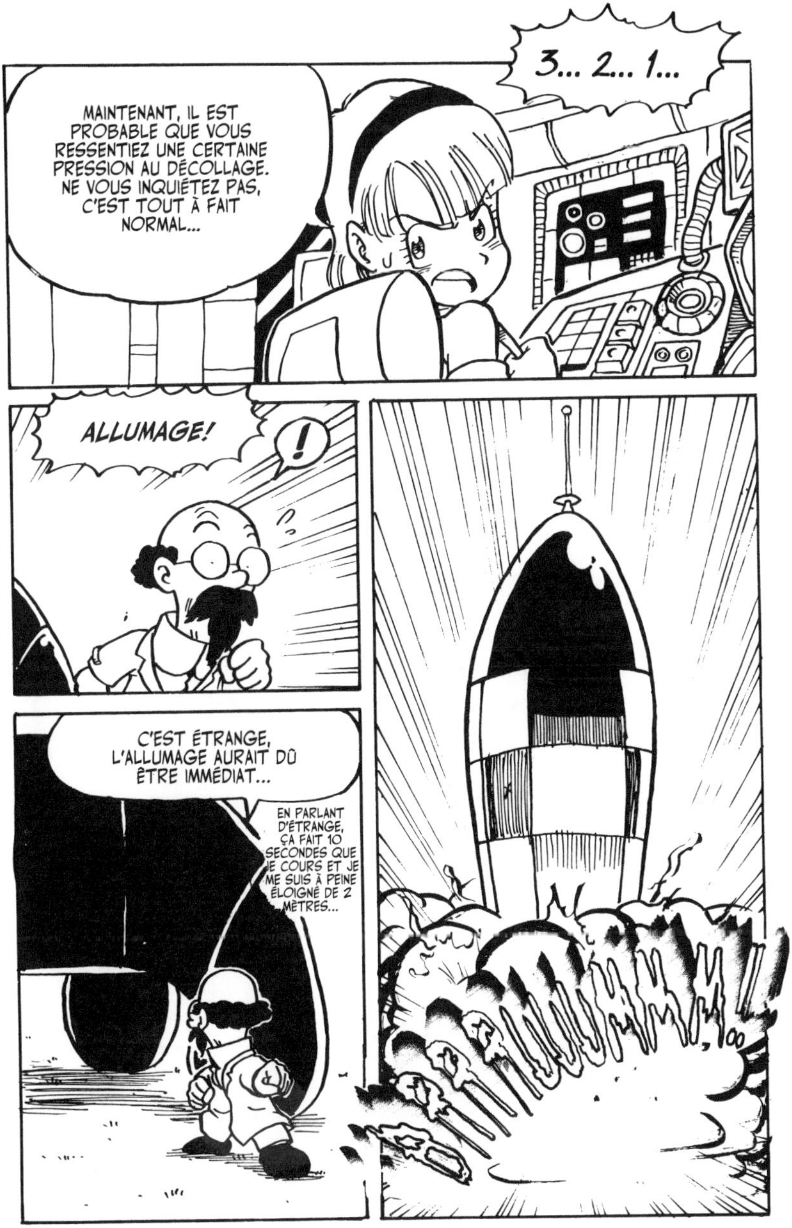
MAINTENANT, IL EST PROBABLE QUE VOUS RESSENTIEZ UNE CERTAINE PRESSION AU DÉCOLLAGE. NE VOUS INQUIÉTEZ PAS, C'EST TOUT À FAIT NORMAL...
3... 2... 1...
ALLUMAGE!
!
C'EST ÉTRANGE, L'ALLUMAGE AURAIT DÛ ÊTRE IMMÉDIAT...
EN PARLANT D'ÉTRANGE, ÇA FAIT 10 SECONDES QUE JE COURS ET JE ME SUIS À PEINE ÉLOIGNÉ DE 2 MÈTRES...

AH, MON BÉBÉ! ILS L'EMMÈNENT DANS L'ESPACE, CE LIEU INSONDABLE ET INCONNU!
HEIN? ON M'A PARLÉ?
PUTAIN... ON VOIT BIEN QUE C'EST UNE PROF!

GRAVITÉ ARTIFICIELLE ACTIVÉE, L'ÉQUIPAGE PEUT QUITTER LES SIÈGES.
«QUITTER LES SIÈGES...» GLJGL...!
P... PUTAIN... TU PARLES D'UNE PRESSION...
AGFS... CHUN GOHAN? T'AS EU LE TEMPS DE T'ATTACHER À TON SIÈGE?
NON... APPAREMMENT PAS.
BON, TOUT A ÉTÉ TRÈS PRÉCIPITÉ. RÉFLÉCHISSONS, VOYONS... ÇA AURAIT PU ÊTRE PIRE... J'AURAIS PU ME RETROUVER AVEC SOSON GOKU, AU LIEU DE ÇA JE VAIS ME TAPER DEUX MOIS AVEC SON FILS ET TIKRILIN...
BUAAAA!!

BON, VU QUE NOUS SOMMES EN ROUTE ET QU'IL N'Y A AUCUNE SOLUTION, JE VOUS MONTRERAI LE FONCTIONNEMENT DE L'ÉQUIPEMENT DURANT LE TRAJET...
DESTRUCTION
APRÈS ÇA, VU QUE LE VOYAGE VA ÊTRE TRÈS LONG ET QUE, POUR LE BIEN DE MA SANTÉ MENTALE, JE N'ENVISAGE PAS VOIR VOS TÊTES DEUX MOIS D'AFFILÉE, NOUS LANCERONS LE PROCESSUS D'HIBERNATION.
ET ÇA C'EST QUOI?
ET ÇA?
OUPS JE L'AI CASSÉ!
DIS WILMA, ÇA SERVAIT À QUOI CE TRUC?
OH, MON DIEU. OH, MON DIEU. OH, MON DIEU. OH, MON DIEU
WILMA, ALLEZ, N'EXAGÈRE PAS... SORS DE LA CAPSULE DE SAUVETAGE!
PENDANT CE TEMPS, QUELQUE PART SUR LA TERRE...

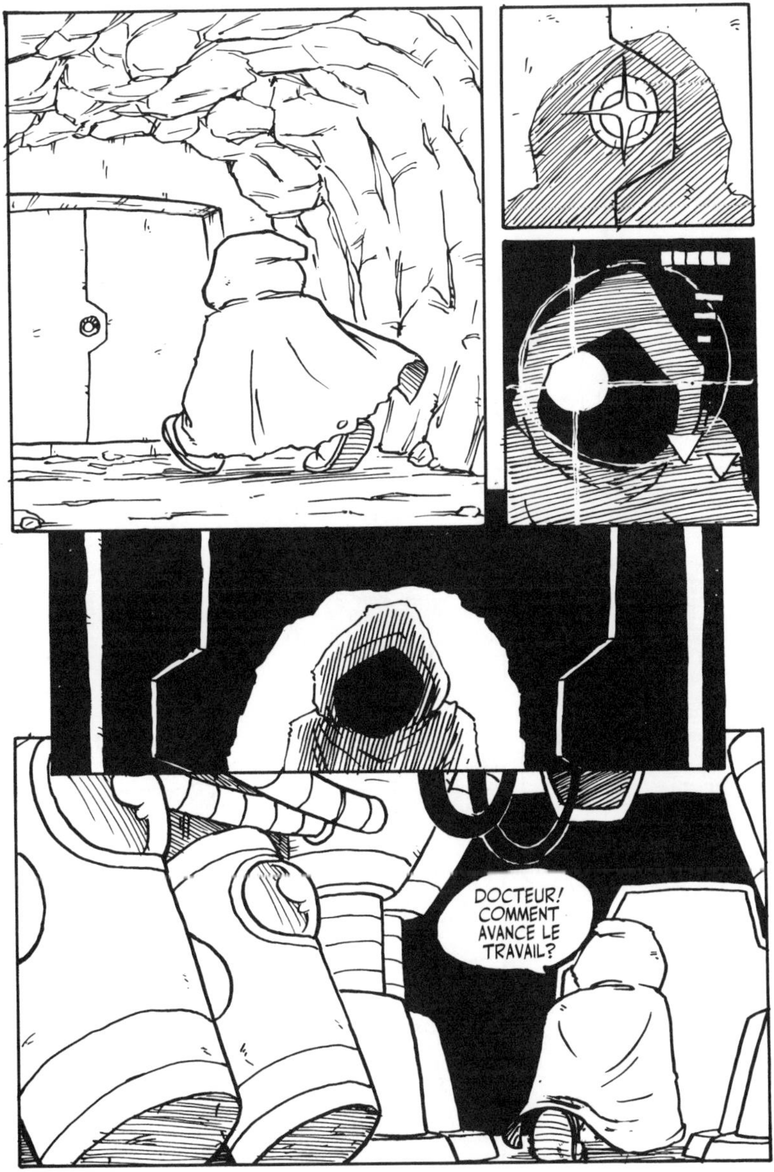
DOCTEUR! COMMENT AVANCE LE TRAVAIL?

*VOIR DRAGON FALL 1 (SI VOUS NE L'AVEZ PAS, ACHETEZ-LE!)

SAUTONS DE NOUVEAU DANS LE TEMPS ET L'ESPACE (PUTAIN LE MAL DE MER!)

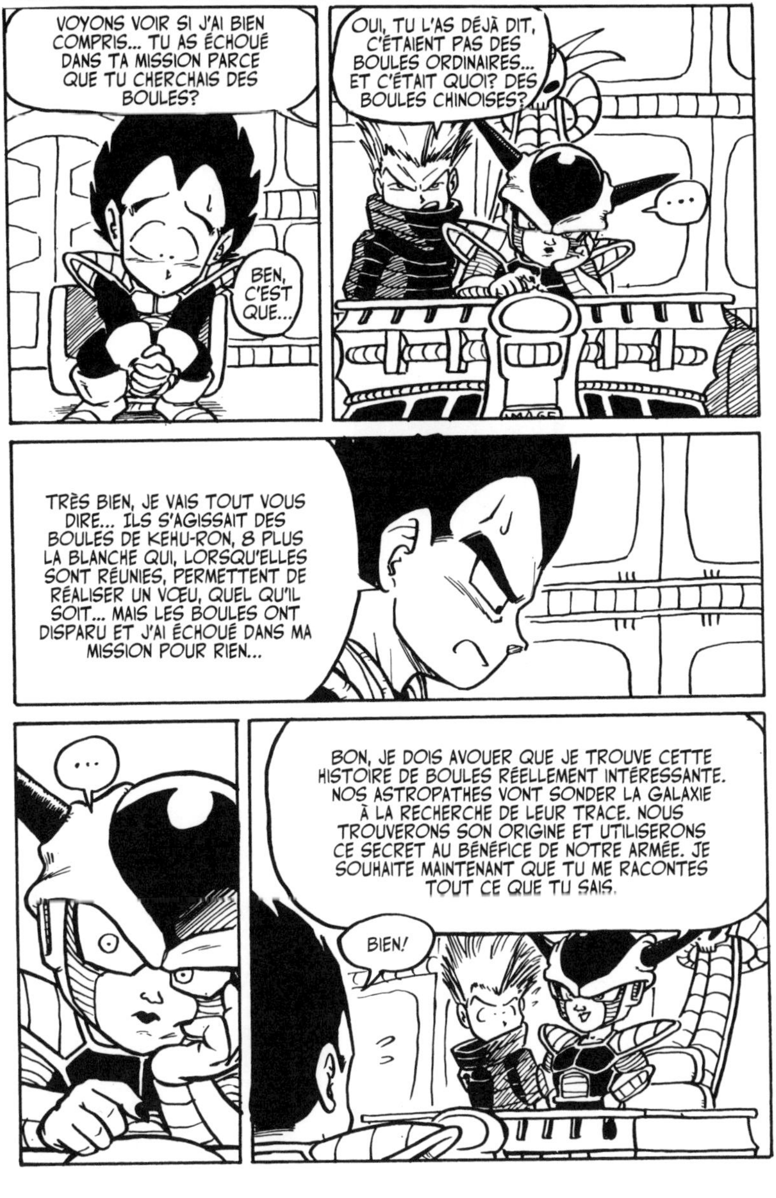

PLUS TARD...
CELLULE D'ISOLEMENT POUR FOUS DANGEREUX
POUM
POUM
POUM
POUM
JE VOUS JURE QUE C'EST VRAI! VOUS DEVEZ ME CROIRE! JE NE SUIS PAS CINGLÉ!
PUM
PUM
PUM
BIEN SÛR QUE JE LE CROIS. SON HISTOIRE NE FAIT QUE CONFIRMER LES ANCIENNES LÉGENDES SUR LES BOULES MAGIQUES DE VIETNAMEK. SI JE NE L'EMMÈNE PAS AVEC NOUS, C'EST POUR QU'IL NE PLACE PAS À NOUVEAU SES INTÉRÊTS AVANT LES NÔTRES.
FAITES-MOI CONFIANCE MON FIDÈLE ALLIÉ, LORSQUE NOUS SERONS SUR VIETNAMEK, NOUS LEUR SOUTIRERONS TOUTES LES INFORMATIONS AU SUJET DES BOULES.... ET ENSUITE, NOUS LES MASSACRERONS TOUS! EN ROUTE!

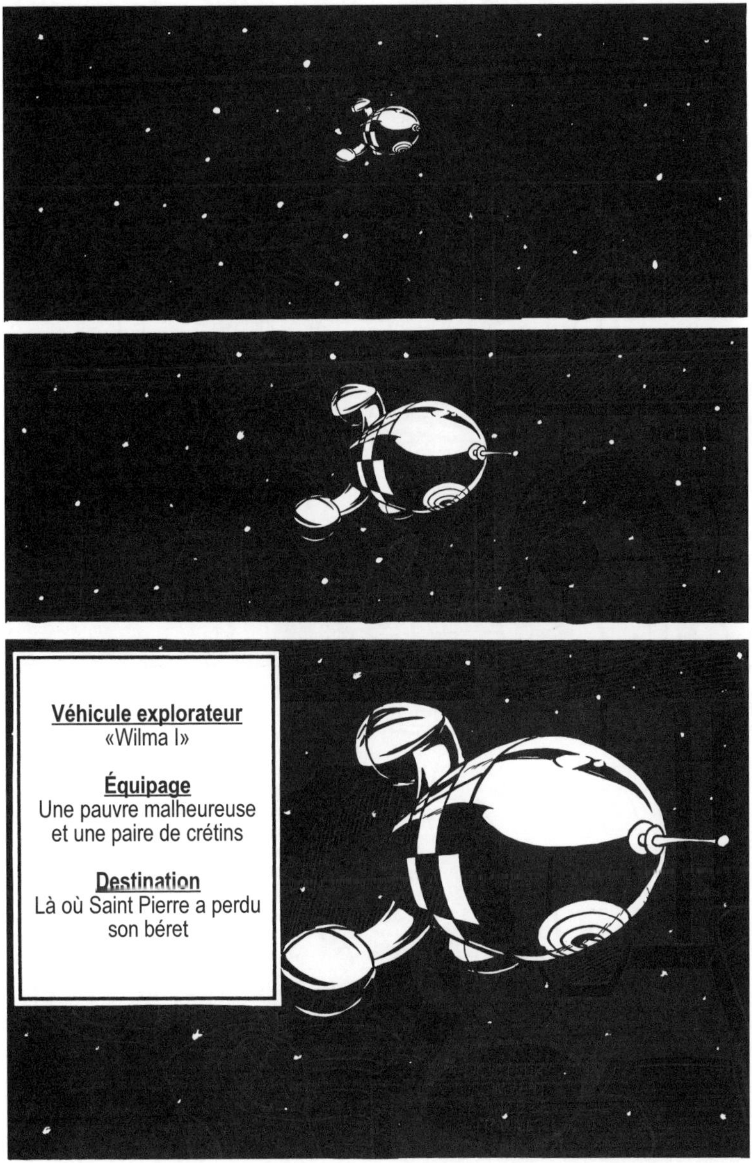
Véhicule explorateur
«Wilma I»
Équipage
Une pauvre malheureuse
et une paire de crétins
Destination
Là où Saint Pierre a perdu
son béret

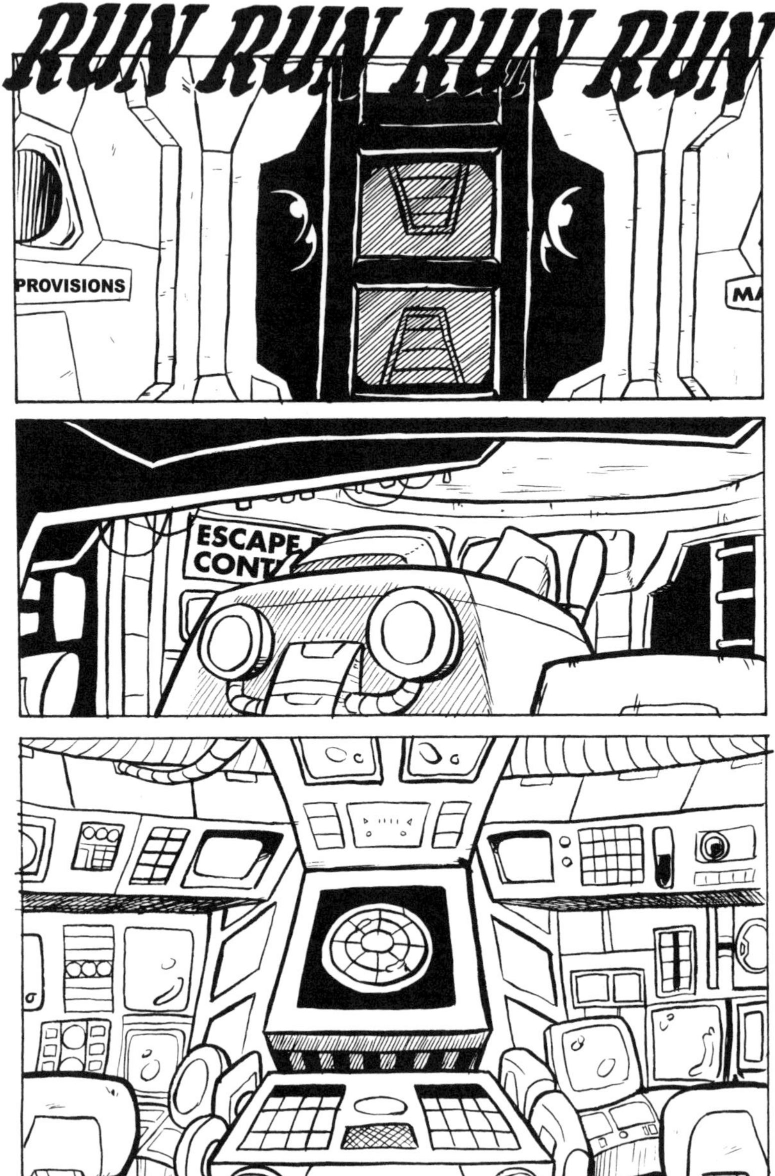
RUN RUN RUN RUN
PROVISIONS
MA
ESCAPE
CONT

DRAGEE
CORPORATION
AUTO-PILOT
SISTEM
CODE- HUY5$#YT10054
NEW
ORDER
DESTI
NATI
ON
BEEP
BEEP
RUN RUN RUN
BEEEP!

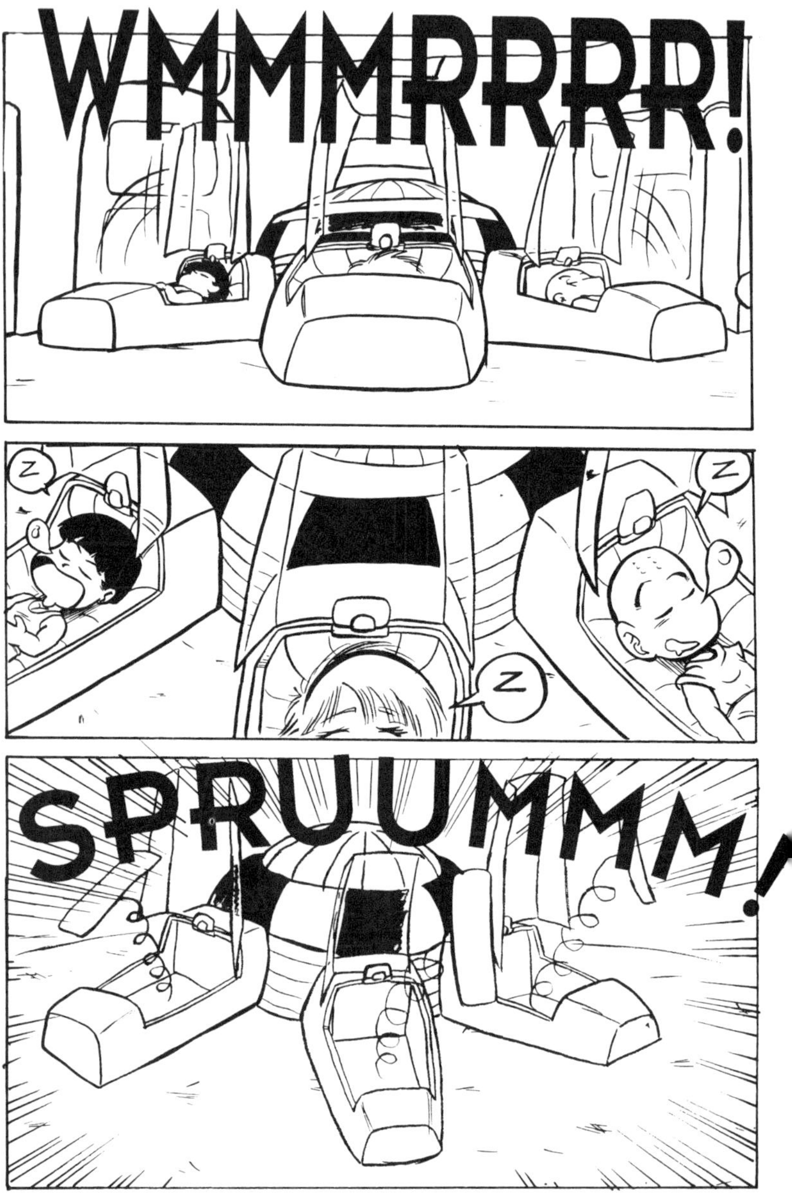
WMMMRRRRR!
Z
Z
Z
SPRUUMMM!

EH BIEN... ON DIRAIT QUE NOUS SOMMES ARRIVÉS À DESTINATION...
ALLEZ, AU TRAVAIL, MESSIEURS!
ON SE LAVE, ON S'HABILLE ET ON PETIT DÉJEUNE! JE VEUX TOUT L'ÉQUIPAGE SUR LE PONT DANS UNE HEURE!
PUTAIN... ON N'EST PAS UN RÉGIMENT DE CAVALERIE!
C'EST VRAI, ON EST QUE TROIS...
MILK
ON NE DISCUTE PAS, IL FAUT MAINTENIR UN PEU D'ORDRE ET DE DISCIPLINE, LES GARÇONS EN MANQUENT ÉNORMÉMENT! ET ATTENTION AVEC LA CUVETTE DES W.C!!

SUR TERRE...
GRAGEA
VOYONS VOIR, JE CROIS QUE NOUS AVONS UN PETIT PROBLÈME...
LA NAVETTE SPATIALE A DÉCOLLÉ DE FAÇON TRÈS PRÉCIPITÉE, SANS AVOIR FAIT DE TEST PRÉLIMINAIRE DES SYSTÈMES. NOTRE ORDINATEUR NOUS A INDIQUÉ LES FAILLES QUI POURRAIENT SE RÉVÉLER APRÈS UN CERTAIN TEMPS... OR, DEUX SEMAINES SE SONT DÉJÀ ÉCOULÉES!
LES FAILLES ANTICIPÉES PAR NOTRE ORDINATEUR AFFECTERONT LES CIRCUITS ÉLECTRIQUES SECONDAIRES, LA GRAVITÉ ARTIFICIELLE, LES RÉSERVES D'AIR, LES COMMUNICATIONS, ET CE QUI EST PIRE, LA CONSOLE DE VIRTUAL FIGHTER...
TOUT CELA NE PEUT ARRIVER QU'À CONDITION QU'UN GROUPE DE GÉNÉRATEURS, SITUÉ AU CŒUR DE LA MACHINERIE, SOUFFRE D'UN COURT-CIRCUIT... NÉANMOINS, LE PLUS SÛR EST QUE NOUS LES CONTACTIONS POUR LES PRÉVENIR DE PRENDRE LES MESURES NÉCESSAIRES...

SUR LE PONT DU «NOS...» HEU, DU «WILMA I»

C'EST PAS NOTRE SYSTÈME SOLAIRE!
...
C'EST QUE... J'Y COMPTAIS BIEN...
IL EST CON LUI!
C'EST ÉTRANGE... ON NOUS A RÉVEILLÉS ALORS QUE ÇA NE FAIT QU'UN MOIS QUE NOUS SOMMES PARTIS.
ET IL SEMBLERAIT QUE NOUS AVONS DÉVIÉ DE NOTRE CAP DE QUELQUES DEGRÉS: ON EST DANS UNE ZONE MORTE...
ELF
UN MOMENT, UN MOMENT...
L'ORDINATEUR PEUT RÉPONDRE À TOUTES NOS QUESTIONS! ON VA LE CONSULTER!
COMMENT ON FAIT DES «O» AVEC UN JOINT?
VAIS-JE RÉUSSIR UN JOUR À TIRER MON COUP?
POUR LUI POSER LES QUESTIONS... ET *PAS* CE TYPE DE QUESTIONS... ON UTILISE LE CLAVIER DE CONNEXION BINAIRE! COMPRIS?
AH!

LE MIEUX SERAIT QUE JE TAPE MOI-MÊME LES QUESTIONS.
RÉPONSE À LA PREMIÈRE QUESTION: LA NAVETTE A CHANGÉ DE CAP ET A RÉVEILLÉ L'ÉQUIPAGE PRÉMATURÉMENT EN ACCORD AVEC LE PROCESSUS D'URGENCE 08!
RÉPONSE À LA SECONDE QUESTION: NOUS OBÉISSONS À UN PROTOCOLE DE SITUATION D'URGENCE, NOUS AVONS INTERCEPTÉ UNE TRANSMISSION DE S.O.S ET NOUS AVONS INITIÉ LA MISSION DE SAUVETAGE...
QUI A EU L'IDÉE DE PROGRAMMER CETTE CONNERIE DE PROCÉDURE?
?
C'EST MON PÈRE, IL EST TRÈS CHARITABLE ET TRÈS @*%...!
ALLEZ, FINISSONS-EN AU PLUS VITE!
BON, FAIS NOUS ÉCOUTER L'APPEL AU SECOURS DE CETTE PAUVRE ÂME EN DÉTRESSE!
TICK!
BON, ALORS! EST-CE QU'UN FILS DE PUTE VA VENIR ME SAUVER UN JOUR OU QUOI? BORDEL DE MERDE?

EHEM...ON DIRAIT QUE LE PAUVRE BOUGRE PASSE UN SALE QUART D'HEURE.
POM...
POMM...
POM...
POUOM...!!
VOYONS NOTRE SITUATION. L'ORDINATEUR A FAIT DÉVIER LA NAVETTE VERS LE POINT D'ORIGINE DE LA TRANSMISSION, DONC...
...NOUS SOMMES FACE À LA PLANÈTE D'OÙ VIENT LA TRANSMISSION!
YEAH

APRÈS QUELQUES MINUTES...

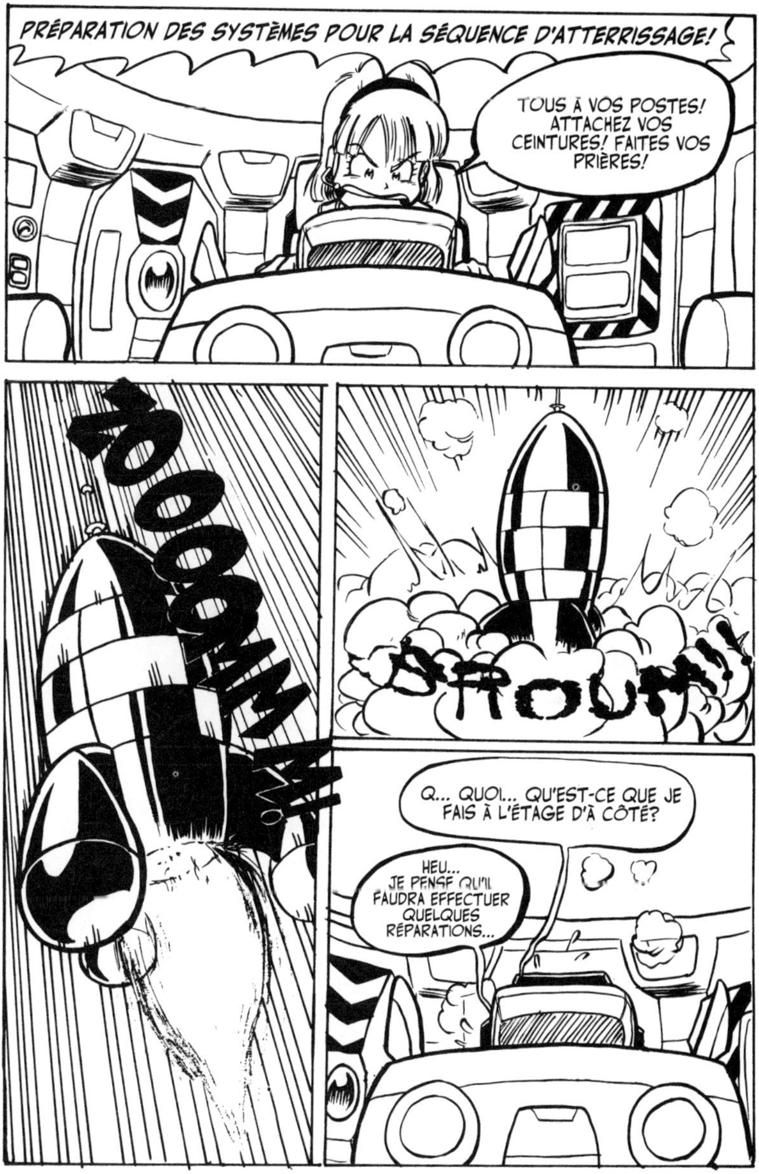

BON, ALLONS À L'EXTÉRIEUR, D'APRÈS L'ORDINATEUR L'AIR Y EST RESPIRABLE.
ET LA TEMPÉRATURE EST NORMALE, ALORS SORTONS SANS CRAINTE...
JE... JE CROIS QUE MON PÈRE A OUBLIÉ UN PETIT DÉTAIL...
!
AU SECOURS, UN MONSTRE D'UNE AUTRE PLANÈTE!

WILMA! TU VAS BIEN? ATTENDS, ON DESCEND!
OUAIS, J'AIMERAIS BIEN SAVOIR COMMENT ...
PAF
CRUNCH
KRUK
BON ... NOUS VOILÀ...
AU FAIT, T'AS PENSÉ COMMENT ON ALLAIT REMONTER APRÈS?
...
ET ILS SAVENT VOLER...!
BON, ÇA SUFFIT! POUR VOTRE INFORMATION, JE VIENS D'ENTRER EN CONTACT AVEC UN HABITANT DE CETTE PLANÈTE!
C'ÉTAIT UNE CRÉATURE AUX YEUX MENAÇANTS ET À L'ASPECT RÉPUGNANT ET FÉROCE...!
MALGRÉ SON APPARENCE REPOUSSANTE ET SES INTENTIONS ABJECTES, LA BESTIOLE N'ÉTAIT PAS PLUS HAUTE QUE ÇA, NOUS DEVRIONS DONC POUVOIR NOUS EN DÉBARRASSER SANS AUCUN EFFORT!
...

HEU...
...SEULEMENT EN CAS DE BESOIN.... BIEN SÛR...
HÉ, HÉ!
ZAT
WILMA, REGARDE!
ON EST CERNÉS!
QUOI?
ET SI ON LEUR DISAIT QUE NOUS VENONS POUR LES ÉVANGÉLISER?
...

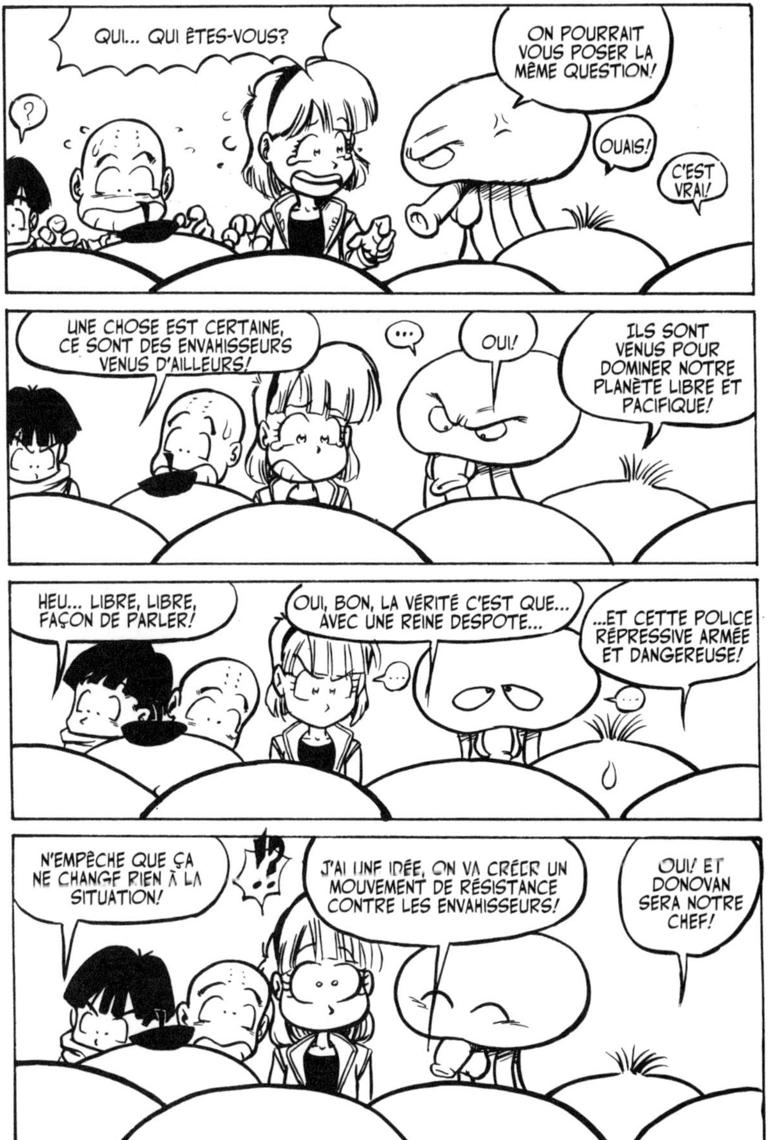
QUI... QUI ÊTES-VOUS?
ON POURRAIT VOUS POSER LA MÊME QUESTION!
?
OUAIS!
C'EST VRAI!
UNE CHOSE EST CERTAINE, CE SONT DES ENVAHISSEURS VENUS D'AILLEURS!
...
OUI!
ILS SONT VENUS POUR DOMINER NOTRE PLANÈTE LIBRE ET PACIFIQUE!
HEU... LIBRE, LIBRE, FAÇON DE PARLER!
OUI, BON, LA VÉRITÉ C'EST QUE... AVEC UNE REINE DESPOTE...
...ET CETTE POLICE RÉPRESSIVE ARMÉE ET DANGEREUSE!
N'EMPÊCHE QUE ÇA NE CHANGE RIEN À LA SITUATION!
!?
J'AI UNE IDÉE, ON VA CRÉER UN MOUVEMENT DE RÉSISTANCE CONTRE LES ENVAHISSEURS!
OUI! ET DONOVAN SERA NOTRE CHEF!

BON, ÉCARTEZ-VOUS, S'IL VOUS PLAÎT!
NOUS SOMMES DES AGENTS SPÉCIAUX ASSIGNÉS À CE TYPE DE CAS! QUE PERSONNE N'INTERVIENNE!
SCULDER
MULLY
AU NOM DE MON GOUVERNEMENT, JE VOUS SALUE!
AH, ENFIN QUELQU'UN QUI CONNAÎT LA DIPLOMATIE!
WILMA, REGARDE CEUX-LÀ!
...
CAPITAINE, VOUS SAVEZ QUE NOUS NE VOULONS AUCUN TÉMOIN!
CHEF, OUI, CHEF!
QUOI?!

MMM... ÇA NE VA PAS DU TOUT!
LORSQUE PEU APRÈS LA BATAILLE CONTRE VÉGÉTAL, J'AI COMMENCÉ À RECEVOIR DE NOUVEAUX ÉLÈVES POUR LES ENTRAÎNER, ÇA ME PARAISSAIT UNE BONNE CHOSE...
...LE SEUL PROBLÈME C'EST...
HOUBA
QU'ILS ONT DÉTRUIT MA MAISON POUR S'ENTRAÎNER, ILS ONT VIDÉ LE FRIGO ET QUE MAINTENANTJE DOIS VIVRE DANS MA COCCINELLE ...!
...ET JE N'AI MÊME PAS LA CERTITUDE QU'ILS ME PAIENT LES COURS...!
...AU MOINS ILS ONT ACCEPTÉ DE DORMIR DANS LES RUINES...
JE CONTINUE À DIRE QUE C'EST DE TA FAUTE. TU N'AURAIS PAS DÛ RESSUSCITER CET ABRUTI!
AH, OUAIS! BEN T'AURAIS PAS TENU LONGTEMPS SANS LUI!
...

PALAIS DE LA REINE POULPE...
C'EST DONC UN APPEL À L'AIDE QUI VOUS AMÈNE...
SUR CE MONDE, NOUS NE VOULONS RIEN DES ÉTRANGERS, ET SURTOUT PAS LEUR AIDE!
AH... C'EST... C'EST BIEN... ALORS... ON PEUT PARTIR? JE JURE DE NE PAS PARLER DE LA POPULATION MASSACRÉE PAR VOS SOLDATS...
VOUS CROYEZ QUE JE SUIS STUPIDE? VOUS NE QUITTEREZ JAMAIS CETTE PLANÈTE, JE NE PRENDRAI PAS LE RISQUE QUE LA F.P.F INTERVIENNE CONTRE NOTRE RÉGIME DE PROSPÉRITÉ ET D'HARMONIE!
GARDES! CONFINEZ-LES DANS LES SOUS-SOLS!

...
RAC
?
VOILÀ, ÇA Y EST, C'EST FOUTU! NOUS N'AVIONS RIEN À FAIRE ICI ET MAINTENANT ON SE RETROUVE DANS LA MERDE COMME JAMAIS AUPARAVANT DANS CETTE PUTAIN DE BD!
CE QUI EST CERTAIN, C'EST QU'AUCUNE DE CES CHARMANTES ET HOSPITALIÈRES FACES DE POULPE N'A ENVOYÉ LE MESSAGE! QUAND J'AURAI MIS LA MAIN SUR CET ENFOIRÉ, ALORS OUI, IL AURA UNE RAISON D'APPELER À L'AIDE!
DOIS-JE COMPRENDRE QUE VOUS AVEZ RÉPONDU À MA TRANSMISSION?
QUOI? QUI ÊTES-VOUS?
SERGENT DES MARINES RIDLISCOTT, VÉTÉRAN D'ACHÉRON, MONTJUICH ET DU RUBAN ROSE, ACTUELLEMENT AU SERVICE DE LA F.P.F (FÉDÉRATION DES PLANÈTES FÉDÉRÉES). J'ÉTAIS EN MISSION DE RECONNAISSANCE QUAND J'AI ÉTÉ CAPTURÉ...

QUOI? C'EST TOI QUI A ENVOYÉ L'APPEL AU SECOURS?
EN EFFET, ÉTANT COINCÉ ICI, J'AI MIS MON TALKIE-WALKIE SUR PLEINE PUISSANCE ET J'AI TENTÉ MA CHANCE...
UN TRUC QUE J'AI APPRIS À BEYROUTH...
VOUS AVEZ ENVOYÉ LE SIGNAL AVEC UN... TALKIE-WALKIE?
BON, JEUNES GENS, MAINTENANT QUE VOUS ÊTES ICI, EXPLIQUEZ-MOI VOTRE PLAN D'ÉVASION!
HEUUU?
BEN... ON N'A PAS DE PLAN, ON PENSAIT PAS SE RETROUVER ICI...
AH...
OUI...
...
COMMENT?

IL N'Y A PAS UN SEUL PLAN D'ÉVASION? ON VA TOUS POURRIR TOUS ICI!
NON! JE NE VEUX PAS MOURIR ICI! SI LOIN DE LA MAISON!
DITES, J'AI FAIM MOI, JE VAIS LEUR DEMANDER QUAND EST-CE QU'ON MANGE ICI...
...
!?
KA-POW!
ALERTE, ALERTE! LES PRISONNIERS S'ÉCHAPPENT!
GAMIN, T'AS RÉUSSI À ME FAIRE CROIRE À NOUVEAU AU PÈRE NOËL... MAINTENANT, ALLONS CHERCHER MES AFFAIRES ET CASSOS!
...
ÉCOUTEZ, JE VOUDRAIS DES SANDWICHES...
ZUT! ¡JO!

LES PRISONNIERS SE SONT ÉVADÉS DE LEUR CELLULE AVEC L'ESPION DE LA F.P.F!
NEUTRALISEZ-LES! COUPEZ-LEUR LA RETRAITE ET DÉTRUISEZ LEUR NAVETTE!
VOILÀ LES RENFORTS!
ON DOIT LES CONTOURNER ET SORTIR D'ICI!
J'AI FAIM.
JE NE CROIS PAS QU'IL SOIT NÉCESSAIRE DE LES CONTOURNER POUR SORTIR D'ICI, SI VOUS ME LE PERMETTEZ...
!
BIEN, J'AI RÉCUPÉRÉ «MES AFFAIRES». MAINTENANT ON VA SE DANSER UN ROCK&ROLL!
SULA
JE PENSAIS QUE VOUS ÉTIEZ EN «MISSION DE RECONNAISSANCE»!
ULACO
CLACK
BEN, ON NE SAIT JAMAIS SUR QUOI EN PEUT TOMBER DANS CE GENRE D'ENDROIT!

HALTE! ON NE PASSE PAS!
LÂCHEZ VOS ARMES ET RENDEZ-VOUS!
JE... JE M'APPELLE M. PHOTOCOPIE
JE DIRAIS M. FLEMME
QUELLE GALÈRE! C'EST UN CUL DE SAC!
AGAIN
HMMM... PAS SANS NOUS BATTRE! (J'AI TOUJOURS PENSÉ QUE VOUS ÉTIEZ FOU, SCOTT... ETC...)
HÉ! TOI!
HEU... IL DOIT SÛREMENT Y AVOIR UN AUTRE MOYEN DE SORTIR D'ICI, SANS QUE CE SOIT EN PETITS MORCEAUX... FAÇON PUZZLE...
MAIS OUI! CHUN GOHAN, VIENG-LÀ!
OUI!
ECOUTE, TU AS TRÈS FAIM, NON? ET BIEN NOTRE NAVETTE EST PLEINE DE NOURRITURE! AH, SI SEULEMENT ON POUVAIT ARRIVER JUSQU'À LÀ! MAIS...
OUI!

ET ALORS? VOUS VOUS RENDEZ?
...
JE... JE N'AIME PAS CE REGARD!
CHEF, LE GAMIN AVEC LA COUPE AU BOL NOUS FIXE AVEC APPÉTIT!
C'EST DE LA GUERRE PSYCHOLOGIQUE! NE CÉDEZ PAS!
JE... JE CÈDE... UN PEU...
ALLONS-Y! À LA NAVETTE!
AH!

J'AI RÉUSSI, J'AI RÉUSSI...
PURÉE, COMMENT IL COURT, IL VA PASSER EN HYPER-ESPACE!
MAIS Y'A MÊME PAS EU DE MORT OU DE SANG?
¡DAMN!
O... OUI... VOTRE MAJESTÉ... ILS AVANCENT VERS LA SORTIE COMME UN CYCLONE.
NON... S'IL VOUS PLAIT... NE ME DEMANDEZ PAS DE VOUS RACONTER LES DÉTAILS...
...
VROOOOM
HALTE! ARRÊTEZ-VOUS AU NOM DE LA REINE POULPE!
HONOUR

H... HALTE!
HALTE!
MAIS, ARRÊTE-TOI, CRÉTIN!
PATOUM
REGARDEZ! LÀ-BAS AU FOND, LA NAVETTE...
...
EXCUSEZ-NOUS

LA NAVETTE... ELLE EST INTACTE!
CHUN GOHAN! TOI QUI ES SUPER BALÈZE ET QUI SAIS VOLER, PEUX-TU ATTEINDRE LA PORTE?
!
ARF
ARF
ARF
ARF
J'Y VAIS!
ZOOOOMMMMM
HÉ!

KA-POW!!!
C'EST FAIT. MAINTENANT TU PEUX ATTEINDRE LA PORTE, NON?
...
TOUS SUR EUX! DÉTRUISONS LEUR NAVETTE!
VITE WILMA, NE PERDONS PAS DE TEMPS, ESSAYONS DE METTRE EN MARCHE LA NAVETTE! ILS ARRIVENT EN FORCE!

SI LA NAVETTE A LA MOINDRE ÉGRATIGNURE, IL ME LE PAIERA CHER!
ALLEZ, MARINES, RAMENEZ VOTRE CUL À L'INTÉRIEUR! JE VOUS COUVRE!
SULACO
ACTIVEZ LE RAYON PARALYSANT!
ÇA C'EST MA SPÉCIALITÉ!
BRAKKABRAARRRKKKK!

ON DIRAIT BIEN QUE LES CONTRÔLES DE NAVIGATION FONCTIONNENT, MOI AUSSI JE VAIS COMMENCER À CROIRE AUX MIRACLES!
NOUS N'AVONS PAS LE TEMPS POUR UNE SÉQUENCE DE DÉCOLLAGE! TOUS À BORD, JE LANCE LA MISE À FEU!
BORDEL DE MERDE!
SULACO
TROMP!!
HYPER-ESPACE!
CLIC!
MANETTE D'URGENCE
BROUM

à suivre...

COUVERTURES ORIGINALES (des auteurs originaux)

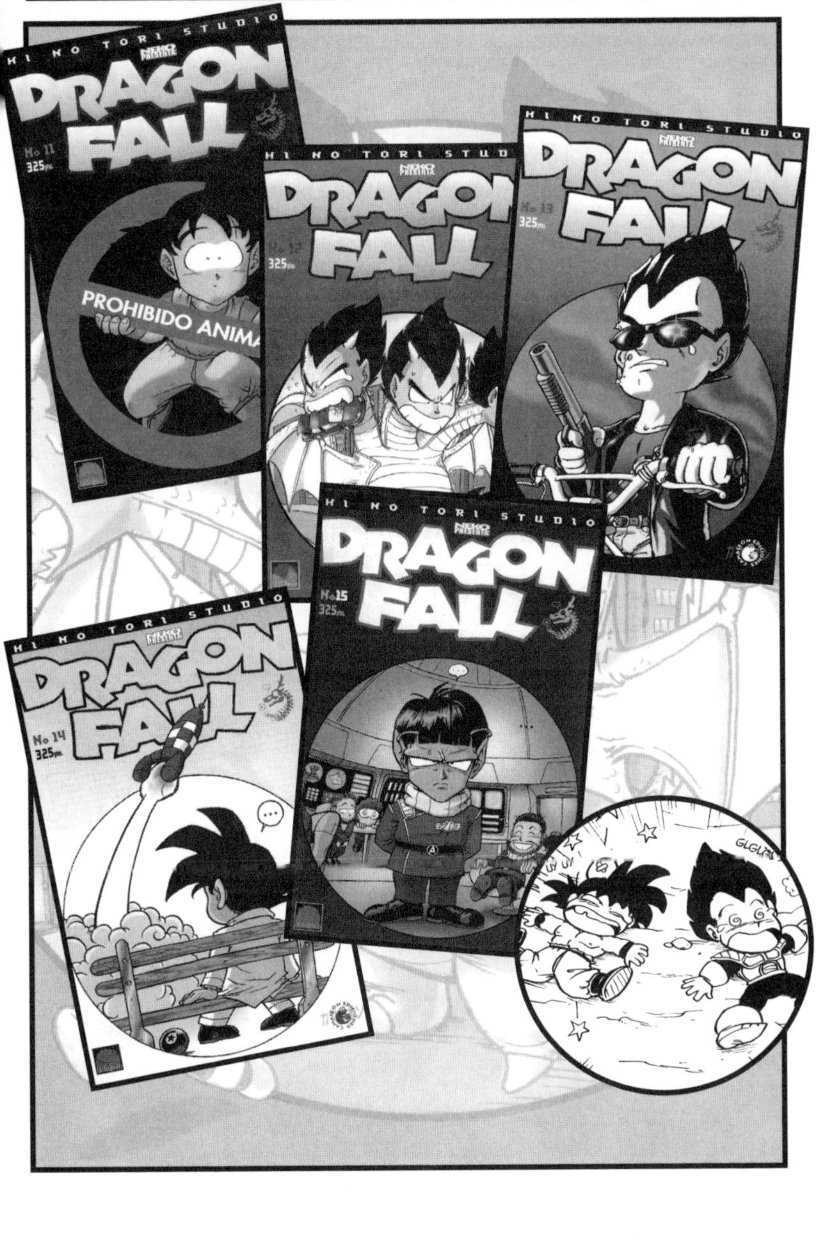

KISS ME
NACHO 02
&
JÉRÉ

ADIEU À DIEU

IL Y A TRENTE ANS, JE SUIS ARRIVÉ SUR CETTE PLANÈTE.
DEPUIS CE JOUR, J'ATTENDS MON PÈRE.
JE NE ME SOUVIENS PLUS POURQUOI NOUS AVONS ÉTÉ SÉPARÉS.
JE SAIS JUSTE QUE CHAQUE FOIS QUE JE VOIS UN NAVET, J'AI DES FRISSONS.
BRRR!
IL S'EST PASSÉ TANT DE TEMPS QUE J'AI OUBLIÉ MON NOM.
BIEN QUE MOI J'AIME BIEN «RODOLPHE».
ÇA FAIT TRENTE ANS QUE J'ATTENDS MON PÈRE.
IL EST TEMPS DE COMMENCER À VIVRE, MERDE.
DEUX SECONDES PLUS TARD...
MON FILS!
J'AI RÉUSSI À ÉCHAPPER DE PEU À LA DESTRUCTION DE LA PLANÈTE VIETNAMEK!
MON FILS?
NE PAS M'ATTENDRE, J'HALLUCINE... VA TE FAIRE FOUTRE!
JE ME DEMANDE S'IL Y A DES ÊTRES INTELLIGENTS SUR CETTE PLANÈTE ET QUELLE SERA LEUR RÉACTION EN ME VOYANT.
LA VACHE, JE L'AI PAS CELUI-LÀ!
ÇA DOIT ÊTRE UN POKÉMON LÉGENDAIRE, ASH!
AVEC CETTE TÊTE, IL DOIT ÊTRE DE TYPE VÉGÉTAL, NON?
IL EST TROP KAWAÏ CHOUPI!
EN QUOI TU ÉVOLUES?
DONNE LA PAPATTE!
JE ME DEMANDE VRAIMENT QUELLE SERA LA RÉACTION DES ÊTRES INTEL-LIGENTS DE LA PLANÈTE.
100 t.
HÉ, TOI! TES PAPIERS!
OKAYYY...

J'AI TROUVÉ UN TRAVAIL!
JE PASSE MES JOURNÉES, PENCHÉ SUR UNE TABLE TROP INCLINÉE, M'ABÎMANT LA VUE EN DESSINANT DES B.D, QUI SONT UNE CHOSE TRÈS MAL PAYÉE QUE LES GENS MÉPRISENT.
JE SUIS LA LIE DE LA SOCIÉTÉ. LES GENS ME MONTRENT DU DOIGT DANS LA RUE.
REBUT!
JE SUIS UNE MERDE.
CROTTE!
JE SUIS PIRE QU'UNE MERDE!
BEURK! ME MARCHE PAS DESSUS!
PARCOURANT LES PAGES D'UN JOURNAL, J'AI DÉCOUVERT DANS SES OFFRES D'EMPLOI, UNE NOUVELLE OCCUPATION PLUS DIGNE.
TIENS!
TIENS!
TIENS!
BON, ON S'ÉTAIT MIS D'ACCORD QUE ÇA FERAIT DIX MILLE.
OK.
QUE TU ME DOIS À MOI, PETIT MALIN!
CE JOUR-LÀ J'AI APPRIS LA DIFFÉRENCE ENTRE OFFRES D'EMPLOI ET PETITES ANNONCES.
AHA! CELLES-LÀ SONT BIEN DES OFFRES D'EMPLOI... ET ICI IL Y EN A UNE QUI PEUT M'INTÉRESSER.
BIENVENU À MACBURGER PIZZACHICKEN & COMPANY! QUE DÉSIREZ-VOUS?
C'EST PRESQUE AUSSI NAZE QUE DE DESSINER, MAIS AU MOINS ÇA ME FILE PAS DE LA CORNE.
ZUT! ON N'A PLUS AUCUNE RÉSERVE DE MAL-BOUFFE! QU'EST-CE QU'ON FAIT?
LE CLIENT AVANT TOUT!
TACTIQUE 3-12 LES GARS!
responsable
NON!! PAS LA TACTIQUE 3-12, CHEF!!
LES CLIENTS ONT BESOIN DE MANGER ET ILS MANGERONT.
ZAS
VOICI VOTRE CUISSE, MONSIEUR.
OKAYY...
C'ÉTAIT PEUT-ÊTRE PAS LE MEILLEUR MOMENT POUR PARLER DE MON POUVOIR DE RÉGÉNÉRATION...

HEU... C'EST NORMAL QUE LES HAMBURGERS SOIENT DE COULEUR VERTE?
OUI... CE SONT DES HAMBURGERS VÉGÉTARIENS!
CE GAMIN EST EN OR!
OUCH.
MOI J'AI PLUS DE MÉRITE...
BAH !
QUAND ON A DÉCOUVERT QUE MON SANG AVAIT LE GOÛT DE SODA AU COLA, LA SITUATION EST DEVENUE INSUPPORTABLE ET JE SUIS PARTI.
GLU GLU
PERDU, SANS BUT DANS LA VIE, JE SUIS RENTRÉ DANS UNE ÉGLISE...
LES PAUVRES ENFANTS QUI MEURENT DE FAIM. DONNEZ-LEUR LA MAIN.
CHAC
SOUDAIN JE VOIS SUR UN TRACT DE LA PAROISSE, UNE ANNONCE QUI POURRAIT M'INTÉRESSER.
On recherche Dieu. Aucune expérience nécessaire, juste un cœur bon. Raison sociale : le monde entier
ÇA POURRAIT ÊTRE PAS MAL. J'AURAI MES DIMANCHES.
LE RENDEZ-VOUS EST AU CIEL (LOGIQUE).
C'EST ICI POUR L'ANNONCE?
NON, C'EST À L'ÉTAGE DU DESSUS.
AH, EXCUSEZ-MOI...
BON, JE SUIS ENFIN ARRIVÉ. ON DIRAIT QU'IL Y A PEU DE CANDIDATS AU POSTE.
BIENVENU, JE SUIS MONSIEUR POMPON. OUBLIONS LE MESSAGE QUE TORIYAMA VOULAIT TRANSMETTRE EN FAISANT DU DOMESTIQUE DE DIEU UN HOMME DE COULEUR ET COMMENÇONS.
VOUS N'ÊTES QUE QUATRE PERSONNES?
NON! NOUS TROIS, NOUS COMPTONS POUR UN!
BEN MOI J'EN VOIS TROIS
BIEN SÛRE! LE PÈRE, LE FILS ET LE SAINT-ESPRIT!
DONC, JE VOUS INS-CRIT TOUS LES TROIS
NOUS NE FAISONS QU'UN!
BON, ÉCOUTEZ, J'EN METS DEUX, OK?
TOUT LE MONDE EST CONTENT.

ET QUE SAVEZ-VOUS FAIRE?
BEN, JE PEUX ENGROSSER UNE FEMME SANS LA TOUCHER, QUI FERA NAÎTRE MON PLUS FIDÈLE SERVITEUR, C'EST-À-DIRE MOI-MÊME.
GGGL
MOI, JE PEUX FAIRE LA MÊME CHOSE, SANS NÉCESSITER DE FEMME NI ATTENDRE NEUF MOIS.
PAPA! JE SUIS TOI!
HMPF! JE PEUX DONNER À MES FIDÈLES À BOIRE ET À MANGER MON SANG ET MON CORPS.
OUI, MAIS, SAIS-TU L'ENROBER D'UNE DOUBLE COUCHE CROUSTILLANTE? ET LE FAIRE FORMAT MAXI AVEC 50% PLUS DE BOISSON, POUR SEULEMENT 0,5 EUROS DE PLUS?
AH...
MOI... JE... JE PEUX MOURIR ET RESSUSCITER LE TROISIÈME JOUR! ET TOC!
BOF... PAS TERRIBLE.
JE PEUX CRÉER DES BOULES MAGIQUES QUI PEUVENT RESSUSCITER N'IMPORTE QUI!
OK, OK, VOUS ÊTES TOUS LES QUATRE TRÈS DOUÉS!
LES DEUX!
MAIS VOUS ÊTES TOUS DEUX CONTAMINÉS PAR LA MÉCHANCETÉ DES HOMMES. POUR ACCÉDER AU POSTE, VOUS DEVEZ ÊTRES PURS. TANT QUE VOUS NE LE SEREZ PAS NE REVENEZ PAS.
CHOF
TIENS, CONNARD.
JE PARS DANS LE DÉSERT ME PURIFIER.
HUM.
JE RETOURNE DANS MON «FOYER».
TRENTE ANNÉES DE PLUS SE SONT ÉCOULÉES. JE CROIS QUE JE SAIS COMMENT ME DÉBARRASSER DE MA MAUVAISE PARTIE.
JE VAIS AU CIEL!
DEUX SECONDES APRÈS...
FILS, JE ME SUIS REPENTI ET J'AI FAIT DEMI-TOUR.
TU ES LÀ MON FILS? OHÉÉÉ!!

ALORS? VOUS SAVEZ COMMENT VOUS PURIFIER?
J'AI BIEN RÉFLÉCHI: SI JE ME COUPE EN DEUX, MA PART LA PLUS GRANDE RÉGÉNÈRERA LA PLUS PETITE.
MAIS SI JE ME COUPE EN DEUX PARTS ÉGALES! LES DEUX PARTS SE RÉGÉNÉRERONT!
JE FERAI JUSTE ATTENTION QUE TOUTE MA MÉCHANCETÉ RESTE DANS UNE PART.
CHAJ
ZUT, UN PEU TROP VERS LA GAUCHE! VOYONS...
CHAJ
OUPS! CETTE FOIS TROP SUR LA DROITE...
CHAJ
TROIS HEURES APRÈS.
CHAJ
LÀ! PRESQUE, PRESQUE, UN PEU PLUS AU CENTRE...
CHAJ
HEU... PRENDS UNE RÈGLE, TIENS...
ET-VOUS? VOUS ÊTES QUATRE, MAINTENANT?
NON! NOUS SOMMES UN! ET AU MÊME TEMPS SOMMES:
LE PÈRE.
LE FILS.
LE PETIT-FILS.
LE SAINT-ESPRIT.
ET LA TIQUE DU SAINT-ESPRIT.
DONC, CINQ.
MAIS NON!!!
AU DIABLE, J'EN AI MARRE DE TOUTE CETTE BÊTISE!
RECALÉ(S)!
PLOF
FÉLICITATIONS, TU ES LE NOUVEAU DIEU.
T'ES SÉRIEUX GROS RENOI DE MERDE?
PORNO
JdR
DROGUE
LAISSE-MOI DEVINER... TU ES LA MAUVAISE MOITIÉ.
GAGNÉ, BAMBOULA!
ALORS AU DIABLE TOI AUSSI!
PLOF
QUE FAITES-VOUS À VOTRE SUCCESSEUR MAÎTRE?
OH. JE PENSAIS QUE LA MAUVAISE MOITIÉ, C'ÉTAIT LUI. JE LE TENAIS À DISTANCE AVEC SON POINT FAIBLE...
BRRRR!
ENFIN, JE ME RETIRE SUR LA TERRE. A QUOI POURRAI-JE ME DÉDIER?
PUIS-JE FAIRE UNE PETITE SUGGESTION?
REBUT!
CROTTE!
DJR
GRRR!
JE CHIE SUR DIEU!
DJR02

FIN

Et ne ratez sous aucun prétexte
la suite des aventures délirantes
de Soson Goku et de ses petits
camarades, dès le mois prochain, dans
le quatrième tome de Dragon Fall...